「そこのお人ーー！　助けてーー！
このままだと私、
丸焼きフェアリーに
なってしまいますーー！」
異世界からやってきた妖精
ケシー

VSボス・オーガ
英国の精鋭部隊
R・E・Aの隊長
キャロル

元社畜冒険者
水樹了介
みずき・りょうすけ

首元からへそまで、
詩のぶの白い肌が露わになる。
パーカーの布地が彼女の両胸にひっかかり、
大事な部分までは飛び出さなかったが、
その胸と胸の間の領域が完全に露出されている。
現役女子高生YourTuber
姫川詩のぶ
ひめかわ・しのぶ

君川優樹
Yuuki Kimikawa
illustration
クルエルGZ

壊れスキルで始める現代ダンジョン攻略 01
Modern dungeon strategy starting with broken skill

壊れスキルで始める現代ダンジョン攻略 01

Modern dungeon strategy starting with broken skill

CONTENTS

プロローグ　とある日常の延長線上にて

どんな人生だってある程度は奇妙で奇天烈《きてれつ》なものであるが、こと突飛で異常で奇々怪々であるという点において、俺こと水樹《みずき》了介《りょうすけ》の最近の私生活と、ここ数年間にわたる世界情勢ほど、数奇で予測不可能な状況というのはなかなか無いに違いない。

「ミズキ。前方にゴブリンとスライムだ」

そう言ったのは、俺の隣を歩いている金髪碧眼《へきがん》の少女。キャロル・ミドルトン。アングロ・サクソンの血を引く弱冠16歳の少女の目は、遺伝的性質によって発現した生まれながらの碧眼ではなく、黄色く染まった白目と、縦に割けて伸びる蛇のような黒目に切り替わっている。

その竜の如《ごと》き異様な瞳は、前方の暗がりを生物的ではない方法で視認し、そこから視覚情報よりも次元の高い、より具体的で論理的な情報を吸い出していた。

「私が交戦してもよいが、どうする？」

キャロルはふと、こちらに少女の顔を向けた。赤白金を基調とする西洋風の甲冑《かっちゅう》を身に纏《まと》った彼女の小さく柔らかい手は、すでに腰の剣に添えられている。暗い洞窟の中でランプを手にしていた俺は、歩みを止めないままで答える。

「いいや、俺が行こう。援護してくれ」

「了解した」

阿吽《あうん》の呼吸じみた連携によって、隣を歩くキャロルが歩調をほんの少しだけ遅くした。並んで歩く俺は半歩だけ先行する形になり、その位置関係は戦闘における前衛と後衛という役割を帯び始める。手にしていたランプを、キャロルに手渡した。

俺が行こう。援護してくれ。

今さっき自然に言い放った台詞《せりふ》が、俺の頭の中で奇妙に反芻《はんすう》される。

援護してくれ。援護してくれ。援護してくれ。

日常生活ではまず交わされない台詞だ。普通の生活を送っていれば、こんな会話は一生に一度だって交わされないだろう。一般的な日常というのは、交戦の必要もなければ、後衛から援護される必要も無い。こんな言葉を日常的に交わし合っているのは、仮想的なファンタジー世界にどっぷり浸《つ》かっている重度のオンラインゲーマーか、もしくは本物の戦場で日夜戦っている兵士くらいなものだ。

しかしこんな台詞は、いまや本物の日常の延長線上に存在してしまう。

今朝の俺は安アパートに敷いた布団の中で目覚め、白飯と納豆と味噌汁《みそしる》で朝ご飯を食べて、同居人と一緒に朝のワイドショーを眺め……その数時間後に、この未知の洞窟空間の中で、交戦を開始しようとしている。

そしてこいつは、後衛の援護を必要とする状況に他ならない。

「ゴブリンのＨＰは10点。物理装甲は無し。スライムのＨＰは７点。物理装甲５点」

キャロルが情報を付け加えた。

それを聞いた俺は、ブオンという鈍い音と共に、手の中に一冊のカードホルダーを発現させる。

………『スキルブック』。

いまだ全貌の見えぬ、この壊れスキル。

ルールの外側に存在してしまうこのスキル。誰もが従うべきルールに従わぬ一冊の本。

俺の意思によって発現する、あらゆるコストの踏み倒しとバグ技を実現しかねない秩序の破壊者《ルール・ブレイカー》。

「どちらも『火炎』でいい。重ね掛けで打とう」

「わかった」

そう答えて、俺はカードホルダーから『火炎』のスキルカードを抜いた。

大真面目にそんなことをしながら、俺はやはり、強烈な違和感に苛《さいな》まれている。

俺はどうして、こんなことをしている？

『火炎』のスキルカード？　ＨＰ？　物理装甲？

一介のサラリーマンにすぎなかった俺が、一体どうして、こんな奇妙奇天烈な用語を平然と使っている？　居心地の良い安寧な世界から足を踏み外して、どうしてこんなに危険で暗い洞窟空間に足を踏み入れる必要がある？

それは一匹の白竜と再会するためだった。

それは一匹の妖精と出会ったからだった。

それは一人の女子高生に押しかけられたからであり、一人の奇妙な隣人に気に入られたからであり、一人の資産家に目を付けられたからであり、一人の金髪と共に戦ったからであり、一個の精鋭たちと死線をくぐったからであり、一つの壊れスキルを手に入れてしまったからであった。

とある人生の、始まりの一点。全ての結果の原因となる点を特定することは不可能に近い。この世の因果関係は、全てが相互に影響しあって複雑に絡み合っている。誰もが、あるいは全ての事柄が、何かの結果に対しての責任を負っている。この世のあらゆる結果と完全に無関係である人間というのは、この世に存在しない。

しかしそれは、やはり大本の大本を辿《たど》ってみれば、この世界がもう一つの世界と繋がってしまったからだった。そして、さらに責任を追及するならば、たった一人の狂った男から始まってしまった物語だった。しかしそのことを、俺はまだ知らない。そもそもその男の物語は、一体どうやって始まったのだろうか。知るよしもない。

キャロルに手渡したランプの灯《あか》りが、暗がりの中で蠢《うごめ》く異形たちの姿を照らし始める。

俺の歩調は自分でも気付かぬ内に速くなり、大股になり、地面を強く踏みしめる。

接敵と交戦が始まろうとしていた。

俺は今朝に目覚まし時計のアラームで目覚め、納豆をかきまぜ、歯を磨き、テレビを見て、車を運転して、二つの世界の狭間で、異形の生物と接敵しようとしている。

これが終わればまた車を運転して、家に帰り、夕飯を食べて、我が親愛なる小さな同居人と一緒にテレビを見て、また寝るはずだった。その前にあの女子高生、詩のぶの相手もしてやらないとならないかも。あの外国人にして新たな隣人、ヒースからの頼まれごとも果たさなくてはならない。さらに長期的に見れば、俺はあらゆることをどうにかしなければならない。このうっかり保有してしまった壊れスキルと、異常でファンシーなことになってしまった世界の謎を解明しながら。

仕方ない。これが新しい日常だ。俺は『火炎』のスキルカードを構え、さらに歩を進めた。日常に組み込まれてしまった接敵と交戦が始まろうとしている。

ということで、いったん時を戻そう。

どこから開始しようか。俺にとっての運命の日。その起床から全てを語り始めるのが無難ではあるが、それは遠回りがすぎるような気がした。何にでも適切な開始地点というものがある。マラソンのゴールを目指すために、家の玄関から走り始める必要はない。スタート地点から走り始めればいい。

このお話の場合、スタート地点は北海道の大守《おおもり》市、小和証券の大守支店に存在していた。

1章 勤め先がダンジョンに呑《の》み込まれても、出勤しないと駄目ですか

Modern dungeon strategy starting with broken skill

1

この世界に『ダンジョン』なる異世界への通路がとつぜん開いてから、四年の月日が経過した。

そう、四年前。ニューヨークに突如として発生し、自由の女神像を呑み込みながら開通した……現時点でも世界最大規模の『ＮＹ・ダンジョン』。

その出現をきっかけとして、まるで堰《せき》を切ったかのように、この世界のあちこちに未知の地下空間が自然発生するようになってしまったのだ。

『ダンジョン』は異世界と繋《つな》がる通路であると言われているが、いまだにその発生メカニズムや実態……そもそもなぜ突然に、こんなファンタジーＲＰＧよろしくの空間ができるようになってしまったかは、依然不明のまま。

そんな人類の新たなフロンティアである『ダンジョン』に眠る希少資源を巡り、各国が新たな条約を議論したり締結したり、新しい資源条約が結ばれたり安全保障を巡る議論がいまだに過熱していたり、行政府がダンジョンを管理しきれなくなったりする中で……。

人々は『ダンジョン』というファンタジーが存在する新しい世界の形に、意外と早く順応し始め

ていた。

そんな世界情勢の中で、俺こと水樹《みずき》了介《りょうすけ》は……。

「……なんじゃこりゃあ」

赴任してきた田舎の支店が、丸ごと『ダンジョン』に呑み込まれているのを発見して、そんな声を漏らした。

◆◆◆◆◆

ラブストーリーは大概突然に訪れるものだが、転勤も突然に訪れる。深夜に「命貰《もら》いに来ました」という感じで現れる死神のように。

俺の場合は首都東京の本部から、ド田舎の僻地《へきち》への転勤命令だった。

それにしたって、転勤が不幸なものばかりとは限らない。将来有望な社員があえて田舎の支社に上級職として送られるように、川で生まれたシャケが大海原へとくだり、大きくなってから故郷へと帰って来るように、巡り巡って本部で上級のポストに就くための転勤もままある。

しかし俺の場合は、いわゆる左遷。数ある転勤理由の中でも、最も忌避すべきものであった。

「水樹くん、きみ転勤ね。北海道に」

俺を呼び出し、嬉々《きき》としてそんなことを言い放った上村《うえむら》支店長のニヤケ面といったら。奴《やつ》にとって不都合すぎる部下たるこの俺を、体の良い理由で厄介払いできたのが……心底嬉《うれ》しくてたまらないように見えた。

「不貞腐《ふてくさ》れて、向こうで欠勤や遅刻でもしようものなら。わかっているね」

「ええ、ご心配なく」

「転勤先ではせいぜい……上司に噛《か》み付くことなく、黙って毎日タイムカードでも押していなさい。これを教訓にな」

「別に構いませんが」

俺は精一杯強がって、そう返したのを覚えている。

「生田目夫妻の三億円の件、これで有耶無耶《うやむや》にするつもりではないでしょうね」

「……一体なんのことを言っているのか、よくわからんね」

◆◆◆◆◆◆

辞令と共に、ハリケーンの如《ごと》き引き継ぎと引っ越し作業を終えて、やっと越してきたこのド田舎で。俺は赴任してきた支店が、建物丸ごとダンジョンに呑み込まれているのを発見したのだ。

「ここが……大守《おおもり》支店？」

正確には、ここは小和証券の大守支店。田舎の国道沿いに居を構えるこのファストフード店ほどの小振りな建物は、いわゆるダンジョンの発生に巻き込まれたようだった。

隆起したコンクリと地面が支店を呑み込んで、ひしゃげた自動ドアがダンジョンの入り口として開いている。建物と周囲の地面を巻き込みながら発生したのだろう。盛り上がった岩肌には所々に小和証券の社色である明るい紫色が交じっており、その斜め上には、情けなくも立てられた白旗のように、『小和証券』と書かれた看板が崩れかけながら突き刺さっていた。

「どうなってんだ、これ……って、電波通ってねえのかよ」

無情にも圏外を知らせるスマホにぼやきつつ、俺はふと思い出す。

そういえば、引っ越し前に電波が繋がりにくいキャリアがあるとか聞いてたな。ソフトバントなら間違いなく繋がるから、携帯はそこに乗り換えておけと言われていたのを……転勤のドタバタですっかり忘れていた。

「こんな話、聞いてないぞ」

予想外の事態に、ついつい独り言が湧いて出る。そういえば、独り言には不安を解消してストレスを軽減する効果があるらしい。こんなときには、どうでもいい豆知識を不意に思い出すものだ。

あの部下の手柄は上司のもの、上司の失態は部下のものを地でいく上村支店長の嫌がらせも、ここまで極まったということか？

このダンジョン化して使い物にならなくなった支店を、解体業者よろしくどうにかしろということか？　いやしかし、流石《さすが》にそこまでの嫌がらせは度が過ぎているというか正気じゃないし……そもそも、一体いつ発生したんだ？　この支店はちゃんと、ダンジョン保険に入ってるのか？　他の従業員はどうなった？

考え出したらキリがない。

各所に電話しようにも、肝心のスマホがやる気を失《な》くしてしまって途方に暮れる俺は、ふと呟《つぶや》く。

「とりあえず……どうする。タイムカードでも押しておくか？　ははっ」

なかば冗談で呟いたその言葉は、転勤を知らされた時の記憶と重なって、ふつふつと怒りを湧き上がらせる。

この野郎、あの上村支店長め。

どこまでが奴の報復人事かは知らないが、これくらいで俺がうろたえるとでも思ったか。なんの説明もなくダンジョン化した支店に転勤させてやれば、パニクった俺が本部に情けなくも事態を報告して、恥の一つでも上塗りするとでも思ったか。

支店がダンジョンに呑み込まれていようと、自分の勤怠くらい自分で管理してくれるわ。

謎の反骨精神が芽生えてしまった俺は、内部の確認も兼ねて、自動ドアがひしゃげて構成されたダンジョンの入り口に足を踏み入れた。

2

そういえば。

『冒険者』資格を取得していない一般人がダンジョンに入ると、罰せられるんだったか？

ダンジョンの入り口と化した「小和証券」大守支店に足を踏み入れながら、俺はそんなことを考えた。たしか懲役とかにはならずとも、罰金は喰《く》らうはずだったな。

まあその辺は、警察に事情を説明すれば大丈夫だろう。タイムカードを押すためにダンジョンに入ることが、考慮すべき事情になり得るとは到底思えないが。

いや、そうじゃなくて……。

「おーい！　誰かいるかー!?」

入り口から数歩だけ進んだ辺りで、俺はそう叫んだ。

その叫び声は、石壁を刳《く》り貫《ぬ》いたような洞窟の中にむなしく響き渡る。

そりゃあ、誰も居るわけないか。

少し進んでみると、狭い洞窟じみた通路が、緩やかな下り坂のような傾斜を付けて延びていた。

入り口から遠ざかると明かりが無いため、俺はスマホを取り出す。

「充電は……90％か」

スマホのライトを点《つ》けてみると、その暗がりの狭い道は、ずっと先まで続いているような雰囲気がある。

どうやら、完全にダンジョン化したっていうことか。

しかし、一体いつできたんだ？　数日前？　いや、いくら何でもそれなら、上村支店長の嫌がらせで情報がブロックされていたとしても、支店から俺に直接連絡があっても良さそうだから……つい昨日とかか？　ダンジョン化のバタバタで、俺への連絡が失念されていたのか。

しかしこの分だと、中から会社の書類やら顧客の部外秘情報やらを回収することはできなそうだ。

それらは全て、すでにダンジョンの発生によって別の物質に形を変えてしまったのかもしれない。

タイムカードなんて存在するわけもなさそうだ。

もう十分だな。

半分好奇心で足を踏み入れてしまった俺は、そこで踵《きびす》を返すことにした。

タイムカードやら何やらと言ったって、本気だったわけじゃない。本当のところは、ちょっとした少年心でダンジョンに入ってみたかっただけで、あとはいつか、話のタネにでもなれば良いと思ったのだ。

「いやあ、昔、タイムカードを押すためにダンジョンに入ったことがありまして……」

営業先でそんな話ができたら、ちょっとは会話が弾むかと思っただけ。

ちらりと入って確認してみたことだし、このまま戻って、公衆電話からでも会社に連絡しよう。

会社員としてはそれで十分だ。

そう思って振り返ると、そこには入り口が無かった。

いや俺にとっては出口が、存在しなかった。

「は?」

数秒前に進んできたはずの道が、塞がれている。

そこは石壁で覆われて、完全に通行ができなくなっていた。

「えっ? どういうことだ?」

混乱しながら、俺は考える。

ダンジョンの入り口付近をうろついたって、大した危険はないはずだ。

そもそもどうして、音もなく道が塞がれてしまったんだ？

「……もしかして？」

この事態を説明できそうな、一つの推測が頭をよぎる。

「ここって……今さっきできたばかりのダンジョンなのか？」

発生後一時間ほどのダンジョンは、内部の空間が非常に不安定だと聞いたことがある。安定化するまで、ダンジョン内部は物理法則や論理や因果など一切合切無視して、安定した空間を構築しようと変形と生成を繰り返す……。

周囲に野次馬の一人もいないものだから、てっきり周知の事実かと思っていたが。もしかして……ダンジョンが発生したのが、まだ誰にも知られていないだけか!?

俺が到着する数時間前、いや数分前にできたばかりで!?

「んな偶然、あるか!?」

思わず、俺はスマホの強烈なライトだけが頼りの洞窟の中で一人叫んだ。叫声がダンジョンの窮屈な石壁にむなしく反響する。独り言は不安やストレスを軽減してくれる。自分の声を聞くことで安心できる作用があるらしい。今は存分に、その力を発揮してもらおう！

「って、だとしたらまずいぞ!?　どうやって外に出ればいい？」

やや冷静さを欠いた俺は、とりあえず石壁を蹴りつけてみた。しかしそうしてみても、地面を踏むような、途方もない質量感が反作用で返って来るのみ。薄壁が張ったわけじゃない。少なくとも数メートルという厚さの壁……。

「別の出口を探すしかないか……」

俺は冷や汗を拭いながら、スマホの明かりを頼りに、開けた方の道へと進み始めた。

歩き出してみると、俺は急に、凄《すさ》まじい息苦しさを覚える。酸素が薄くなったような感じがある。

肺に空気が上手《うま》く入っていかない。精神的なものか、それとも実際に空気の組成がおかしいのか……。

「くそっ……とんだ大馬鹿だな！」

いつでも出られるという安心感の下、ちょっとしたスリルまがいのものを求めた結果がこれか！

スマホのライトは……機種にもよるが、点けっぱなしでも七～八時間は持つと聞いたことがある。

しかし機種変更から一年ほどが経過した、俺の相棒の場合はどうだ？　もって六時間……五時間か？　つまりは、そこがデッドライン。

少なくとも六時間以内に、このダンジョンから抜けるしかない！

3

「とにかくメモを取れ」、と新入社員時代に口酸っぱく言われたものだ。

どちらかといえば、それは「即座にメモを取るほどの熱心な姿勢を見せろ」という意味合いが強かったわけではあるが、その教えはいまだに俺の奥底に刻み込まれていた。

尻ポケットに仕舞い込まれていた、ソフトカバーの柔らかいメモ帳。ネット通販で買った数千円するちょっと高価な黒ペン。こんなありふれた文房具が、今となってはスマホと並ぶ生命線なのかもしれない。

「また道が分かれているな……」

胸ポケットにスマホを差し込み、両手にペンとメモ帳を持ちながら移動する。

シャツの胸に差されたスマホは、ちょうどライトの部分がポケットの高さと合っていて、まばゆい光を常に前方へと投げかけてくれていた。

そのおかげで、俺は両手を使いながら歩くことができている。

塞がれた出口から歩き始めて、そこまでの道のりをメモ帳に地図として記入する。といっても正確な座標関係まではわからないので、ザックリどこで道が分かれて、どちらの道を進んだかという覚え書きにすぎないのだが。

「つっても、さっきみたいにダンジョンの形が変わっちまったら意味ないんだけど……」

俺はフニャフニャ字の下手くそな手書きの地図を眺めながら、そうぼやいた。

まあ、何もしないよりはマシだ。しない理由を探すのではなくて、今できることをやろう。枝分かれした道を選ぶ際の基準は、少しでも上へと向かう傾斜が付いている方（もしくは、そう見える方）にした。そんな風に歩いていると不意に、ピロリン！　という軽快な音が響く。

「おぉっ!?」

ビクリとした俺の目の前に浮かび上がる、空中を漂う焼け付く文字。

「あー……『ステータス画面』ってやつか」

ダンジョンの影響を受けた人間に現れる、いくつもの症状……能力のステータス化は、その最たるものだった。異世界と繋がっていると思われるダンジョンの中では、どうやらこの世界とは微妙に異なる法則が働いているらしい。だから、ダンジョンの内部に長時間留《とど》まった者は、その新しい法則に適応するために進化するという……本当はもっとややこしい説明があるのだが、まあいいさ。

とにもかくにも、それが『ステータス化』。

なぜこうにもファンタジーＲＰＧよろしくゲームじみた形で発現するのか。それはどうやら未知の世界の概念が、俺たちに馴染《なじ》み深い、理解しやすい形で現れたからではないかとも言われている。といっても真偽は定かではないし、ダンジョンの真実を知っている者は今のところ、この世界に一人もいないのだ。

たぶん。知ってる人がいたら至急連絡くれ。圏外だけどな。

「俺のステータスは……っと。なんか、こうして見るとワクワクするな」

＝＝＝＝＝＝＝＝＝＝＝＝＝＝＝＝

レベル18
ＨＰ14
ＭＰ1
筋力　27
体力　13
知力　15

知識　42
心力　22
敏捷《びんしょう》　17
魅力　15
＝＝＝＝＝＝＝＝＝＝＝＝＝＝＝＝＝＝＝＝＝

……ふむ。

ザッと見ても、何がどうなのかよくわからん。ここを出たら、ネットで調べよう。

『知識』だけ突出して高いのは、俺が比較的教育水準の高い日本国民だからだ。まあ、先進国ではどこも同じくらいらしい。

歩きながらステータス画面を眺めていると、また分かれ道。ざっと見てみても、左右に違いは無いように見える。どうしたもんか……。メモ帳に新しい分かれ道を記しながら、俺はふと思い出す。

「そういえば……まだモンスターに遭遇してないな」

ダンジョンの内部に巣くうという、異世界の生物たち。

ゴブリンやスライムといった有名なモンスターについては、ネットの真偽不明なまとめサイトでその対処法を読んだことがあるが……一般人が一人で対処可能なモンスターは、それほど多くないはずだった。

スマホの時計は、遭難開始からもはや一時間近くが経過したことを示している。これまで一体も、そういったモンスターとエンカウントしていないのは幸運が過ぎるともいえるが……ダンジョンが生成途中であることも関係しているんだろうか。

とにかく、制限時間は残り五時間ほど。さらに危険なモンスターに遭ったらほぼほぼゲームオーバーという鬼畜設定まで追加された、セーブポイント無しの残機一、ベリーハードモードってことだな。

迷ったら左の法則に従い、俺は左の道を進んでみる。はて。この法則は一体、何で知った法則だったかな？　一人で狭い暗がりを歩いていると、そんなどうでもいいことばかりが頭をよぎるものだ。

相変わらず息苦しくも狭苦しい石壁の中を進むと、奥の方から、甲高い女の子の悲鳴が聞こえてきた。

「きゃーっ！　ごめんなさいー！　美味《おい》しくないですー！　食べやすいサイズだけど美味しくないですからー！」

えっ!?　他に、他に人がいるのか!?

俺はその悲鳴を聞いて、とにかく駆け出した。

もしかして、ダンジョンの発生に巻き込まれた支店の従業員か!?

やった！　一人じゃなかったのか！　何かに襲われているみたいだが、とにかく合流できれば！

メモ帳を仕舞ってスマホを握り、悲鳴の方へ向かって走る。するとそこで、開けた空間に躍り出た。

そこに居たのは……。

「ぎゃーっ！　あっ！　そこの人！　そこのひとー！　助けてくださーい！」

「………あ？」

開けた空間の中央で、焚火《たきび》を囲んでいる三体ほどのゴブリン。

そして、その悲鳴の主は……細い棒きれに縛り付けられて、今まさに串焼きよろしく火あぶりにされそうな……小さな、妖精のような女の子だった。

「ゴ……ゴブ？　ゴゴブ？」

「ゴブ？」

俺の乱入に気付いたゴブリンが、よくわからない言語のようなもので会話（？）をしている。

縛り付けられた串焼きサイズにピッタリの妖精は、泣きながら俺に助けを求めた。

「そこのお人ー！　助けてー！　このままだと私、丸焼きフェアリーになってしまいますー！」

「えっ？　えっ!?」

俺が混乱していると、焚火を囲んでいたゴブリンたちがのそりと立ち上がり、石床に置いていた長物の武器を手に取った。

ああ、こいつは困った。しかし逃げるわけにもいかん。

その場から逃げずに、俺を踏みとどまらせたのは、彼女を助けようという正義感よりも。

あの妖精が、俺の生存確率を少しでも上げてくれる存在……かもしれない、からだった。

4

原始的な槍《やり》のような得物を構えた、三体のゴブリン。

対する俺の武器は、黒ペン一本。ほぼ空手に近い。しかしこのペンは、たしか五千円くらいした質実剛健のドイツ製だ……くそっ、だからどうした？

ゴブリンの背丈はどれも俺よりも小さく、中学生くらいの子供を思わせる。しかし、それは背丈だけ。ほぼ全裸に近い浅い緑色をした身体《からだ》には、ボディビルダーよろしくの丸々とした筋肉がギッシリと搭載されているのだ。しかもその身体はダンジョンの暗所暮らしに適応しているようで、耳は俺たち人間のものとは比べ物にならないほど大きい。そのサイズ感たるや、顔の両側に羽が生えているようにさえ見える。福耳どころの騒ぎではないデカさだ。

たしか、ゴブリンの生態は……。

『【悲報】ゴブリン、俺たちより生物として優秀なことが判明【ゴブリンの最新研究】』
1：20XX／0X／03（日）10:14:56 ID:w78x5fask0
　体力、筋力、視力、嗅覚、どれを取っても人類より上らしい
2：20XX／0X／03（日）10:15:34 ID:IsEkai5HAreM
　ゴブリン始まったな
3：20XX／0X／03（日）10:15:59 ID:Yom4ga35Id

＞＞2　お前のＩＤ凄《すご》くない？

……そんなまとめサイトを読んだことがあった。

「うぉっ！」

一瞬余計なことを考えている隙に、俺の首元を槍の石刃が掠《かす》めた。

踏み込んで突き出されたゴブリンの初撃を避けられたのは偶然か、俺が格闘技経験者だったからか。……といっても、大学時代にちょっとだけ総合格闘技サークルに入っていただけだが。一回だけ大会に出場して、初戦にあたったムエタイ選手に首相撲でボッコボコにされただけの、栄えある生涯戦績〇勝一敗だが。

ええと、たしか！　まとめサイトによれば！　ゴブリンの弱点は……！

178：20XX/0X/03（日）10:35:44.36 ID:td/35jl54/D.net
＞＞78　ゴブリンは魔法耐性が低いから、魔法が弱点らしいよ
友達の冒険者資格持ってる奴が言ってた
186：20XX/0X/03（日）10:38:12.04 ID:Kl564a84Aq.net
＞＞178　俺たちにとっては弱点でもなんでもなくて草

つ、使えねぇー！

魔法とか知らねぇー！

いや違う、他にあったはず……そうだ！

俺は仕舞っていたスマホを咄嗟《とっさ》に取り出すと、そのライトをゴブリンたちに向けた。

「ゴブッ!?」

「リンッ!?」

三体のゴブリンたちが、その強烈な光に怯《ひる》む。

暗いダンジョンに生息しているゴブリンの目は、強いライトの光に弱い！

そう耳にしたことがあった！　YourTube の動画でな！

俺は怯んだゴブリンの中へと突っ込むと、彼らを押しのけて丸焼き直前の妖精が縛り付けられた、細い棒きれを拾った。

「うおおー！　やったー！　ありがとうございます！　命の恩人！　めっちゃ恩人ー！」

「揺れるけど頑張れ！」

そのまま、止まらずにダッシュで駆ける。後ろからゴブリンたちが追って来る足音が聞こえたが……その短い脚では、俺の足には追い付けないようだった。

◆◆◆◆◆

「ぜぇーっ！　ぜぇーっ！　こ、ここまで走れば追いついて来られないだろ！」

膝に両手をついて、俺は肩で息をしながらそう言った。ほぼほぼ全力で走って、分かれ道もなにも考えずに選んだ結果、かなり遠くの方へと辿《たど》り着いたはずだ。

そんなすでに満身創痍《まんしんそうい》の俺の周囲には、串焼きの仕込み状態から解放された妖精が、嬉しそうに飛び回っている。

「いやー！　感謝感激ですよ！　マジで命の恩人様様っていう感じ！　あと少しでも遅れてたら、私は無残にも丸焼き塩味フェアリーになってましたね！」

「ええと……お前、妖精なのか？」

俺がそう聞くと、その手のひらサイズの妖精は、俺の鼻先でひらりと滞空した。

「そのとーり！　フェアリーですよ！」

「あー……名前とか、あるのか？」

「ふむふむ。人間ってえのは、とにかく名前を欲しがる生き物ですねえ？　好きに呼んでいただいて構いませんけど、困ったらケシーとでも呼んでくだされば」

「わかった、ケシーだな。俺は水樹だ」

「イヅキさんですね！　よろしくお願いお願いしまーす！」

「いや、ミズキだ」

「ニズキ？」

「ミーズーキー！」

「イーズーキー？」

「ミ！」

「なーんだか言いづらくて窮屈な名前ですねえ。ズッキーで良いです？」

「ああ、それでいいよ」

諦めた俺がそう返すと、その妖精……ケシーは「ズッキー」という響きが気に入ったようで、歌のように口ずさんではケラケラと笑い出した。

「というかお前……話せるのか？」

「そりゃ話せるでしょうよ。愚問ですねーぐもんぐもん！　雨が降ったら濡《ぬ》れるのか！ってくらい頭が悪くて可哀《かわい》そうな愚問っちーですねえ！」

「いや、でも……」

人間と会話ができるほど高度な知性を持ったダンジョンの生物は、いまだに発見されていなかったはず。もしもこのヒラヒラした手のひらサイズの妖精が、極限まで追い詰められた俺の幻覚でないのなら……もしかしてこれって、世界中の研究者が夢見ている、世紀の大発見なのでは？

「あれ、そういえば」

「どうかされました？　ズッキーさん」

「なんで、その……日本語が通じてるんだ？」

「よーくぞ聞いてくださいました！　ズッキーさんはいやしくも生まれながらに下等で物質世界に縛られた可哀そうな人間種族ですのに、よくぞそこに気付きましたね！」

「お前、一言どころか十言くらい多くない？」

ケシーは蝶《ちょう》のような半透明の羽で飛び回りながら、可笑《おか》しそうに笑った。

「ふむふむ。私たち妖精について、波瀾万丈吃驚仰《びっくりぎょうてん》天な生態の数々を説明したいのは山々なのですが。ズッキーさんにはそれよりも、急がなければいけない用事があるのでは？　ではでは？」

「ああ、たしかに。よくわかったな」

「妖精には、低劣な物質存在の考えていることなんて全てお見通し！」

「お前、悪口を枕詞《まくらことば》にしないと会話できないの？」

俺がそう言うと、ケシーはひらりと身を翻して、道の先へと飛翔《ひしょう》していった。

「さあ！　命を助けていただきましたから、お返しにほんのちょびっと導いてあげましょう！　人さんこちら、手の鳴る方へ！」

「お、おう。こっちか！　こっちへ行けばいいんだな!?」

5

「いやあ、私も長ーいことダンジョンを彷徨《さまよ》っていたんですけどね！　よーやっと外へ出られそうなんですよ！」

先導しながら羽でヒラヒラと飛び回るケシーは、後ろ向きになって俺に向き合いながらそう言った。

「ということは、もう出口まで近いのか？」

「近いなんてもんじゃありませんよ！　もうすぐ、ほんのちょびっと！　すーぐそこに、出口が形成されているはずです！」

ケシーはそう言って、嬉しそうに笑う。

身体がうすーく発光しているケシーは、背中に羽の生えた、手のひらサイズの少女という感じだ。

そして、その身体には……なんというか、服を一切れも身に纏《まと》っていない。

言ってしまえば全裸状態。なんというか、そういうタイプのフィギュアを彷彿《ほうふつ》とさせる。後ろ向きで目の前を飛んでいると、彼女のプリンとしたお尻が丸見えだ。前を向いたら前を向いたで、色々と丸見えなのだが。そこばっかり見ていたら申し訳ないな。しかし気になるものは気になるわけで。

「うぅぅ……長かったですねー！　こーんな暗くて窮屈で広大なダンジョンに閉じ込められてから、苦節四年間という感じですよ！　体感ですけどね！」

「四年間？」

四年といえば、この世界に初めてダンジョンが出現したのも四年前。

それは一体、どういうことなんだろう……考えれば何かわかるような気もしたのだが、今は頭が回らない。それよりも歩き回ったり走り回ったりで、足やら何やらが痛んでいた。

「おぅっ!?」

何かを察知した様子のケシーは、身体をビクつかせると、ヒラリと道の先まで飛んで行く。

「ど、どうした!?　あんまり離れないでくれ！」

「キタキタキター！　もうビビビーッと感じましたよ！　敏感妖精なケシー様のレーダーに、ビビビーッ！　と反応しましたね！」

「出口か!?」

俺が叫ぶと、折れ曲がった道の先に向かおうとするケシーが声を返す。

「そう！　この先が、ダンジョンの出口……に……」

先に曲がり角の向こう側へと飛んで行ったケシーを追って走ると、ケシーがひらりと戻って来た。

「どうだ!?　出口はあったか!?」

「あー……あのですねー……」

ケシーは頬《ほ》っぺたを爪で掻《か》きながら、バツが悪そうな表情を浮かべた。

「や……やっぱり……別の出口を探しましょうか！」

「えっ、なんで？」

「い、いやー。この出口からは出たくないなーって、思ってですね」

「……なんだそれ？」

「だ、大丈夫ですよ！　ここを見つけるのに四年かかりましたけど、もう四年くらい彷徨えば別の出口を見つけられるはずです！」

「いやいや、そんな彷徨えねえよ。俺のことも考えてくれ」

俺がそう言って曲がり角の向こう側を確認しようとすると、ケシーが俺のシャツを引っ張った。

「うおー！　見ない方が良いですよー！　はい！　見ない方がいい！」

「は!?　なんで!?」

「希望は希望のままにしておいた方が、精神衛生上ね！　絶対良いですよ！」

「いやいや、そんなこと言ってられないんだ。スマホの充電だって、もう60％切ってるんだぞ」

「ぐわー！　見ないでー！　絶対見ない方が良いですってー！　ズッキーさんは下等でメンタル激弱な人間種なんですからー！　せっかくできた話し相手に精神崩壊されたら、私だって困るんですからー！」

手のひら全裸少女にそんな風に叫ばれながら、非力すぎて何の抵抗も感じない制止を振り切る。

曲がり角の向こう側に顔を伸ばしてみると……そこは薄く輝く水晶で形成された、どでかい洞穴のような空間だった。内部は温度が低いようで、地面や壁が氷と雪に包まれている。白雪が降り積もる洞穴には、全体を左右から包み込むような傾斜があった。その坂道を登って行った先には穴が開いており、日の光らしきものが差し込んでいるようにも見える。

「やった！　やっぱり出口だ！……って、うん？」

喜んだのもつかの間。

その洞穴の、中央の奥側には……大きな図体《ずうたい》を丸めて寝入っている様子の、ＲＰＧゲームで何度となく見たことがある、巨大かつ強力なモンスター。

いわゆる、ドラゴンが鎮座していた。

しかも、明らかに氷系の全体攻撃をしてくる奴だ。きちんとレベル上げをしてこなかったプレイヤーを咎《とが》めて、絶望の淵《ふち》に叩《たた》き落としてくるタイプのボスだ。少年はみんなそうやって、ボスに挑む時はちゃんとレベルを上げて、なおかつ万全の状態で、必ずセーブをしてから挑戦することを学ぶのだ。

俺はその光景を眺めると、一瞬、固まってフリーズした。

そして何も言わずに、スタスタと歩いて来た道をいくらか戻る。

俺はそのまま地面にしゃがみ込むと、頭を抱えた。

「…………見なきゃ良かった……っ！」

「だーから言ったのにー！　ばかーっ！」

2章　絶対に契約を取る日本の営業マンVS人間はとりあえず絶対に殺すドラゴン

Modern dungeon strategy starting with broken skill

1

　ドラゴンさんが眠っている洞穴から少し戻った場所で、俺は石の上に座り込んでケシーと話し合っている。

「あのドラゴン、何とかならないのか？」

「なるわけないでっしょー!?」

「ほら、あいつ寝てるしさ。そろーっと行って、そろーっと出ることはできないかな」

「あれ寝てるように見えますけど、気配察知したらすぐに起きて殺されますよ。もう一瞬で氷の息吹でカッチンコッチンにされて砕かれて、あの雪の中で永遠に溶けない氷の肉片として埋もれて行くだけですよ」

「具体的な末路をありがとうな」

　こいつの歯に衣《きぬ》着せずにむしろ毒を塗って噛《か》んでくる物言いは、危険な状況を正確に理解させる効果がある。俺は座り込んで頬杖《ほおづえ》を突きながら、ケシーに尋ねる。

「別の出口って、どれくらい遠いんだ？」

「そもそも感知できないくらい遠いですよー。私だって四年も彷徨《さまよ》って、ようやっと見つけた出口なんですからー。……それで舞い上がっちゃって、あのゴブリン共に捕まっちゃいましたけど」

「それじゃあやっぱり、あそこから出るしかねえじゃねえか……」

「ズッキーさんは、何かスキルとか魔法とか持ってないんですか？」

「持ってるわけないだろ。ただの証券マンだよ」

「ショーケンマン？　どういうジョブですか、それ。小剣？」

「営業職だ」

「どんなスキルが必要なジョブなんですか？」

なんだか、微妙に話が噛み合っていないような気もする。

しかし今の俺には、その辺りを正確にすり合わせるだけの体力は残っていない。

「営業スキルと金融スキルだな」

「はーあ。つまり対人技能と商人系のスキルしか持ってないってことですねー。まるで役に立たないですねー」

「その役立たずが居なかったら、今頃串焼きだったことを忘れるなよ」

「その串焼きが居なかったら、出口は見つかりませんでしたけどね」

「はぁ」

ケシーと俺は、同時に溜息《ためいき》をついた。

「あのドラゴン、言葉通じないのか？」

「たぶん通じると思いますよ」

「マジで!?」

俺が驚くと、ケシーはやれやれ、という様子で肩をすくめる。

「そりゃあそうでしょうよ。存在の階層が違うんですから。大は小を兼ねる。下等存在にできることを、上等存在ができない理由はありませんよ」

「なんだ、話が通じるのか……！　それなら色々と、やりようがあるぞ！」

俺は急に、暗闇の中で一筋の光明が見えた気分になった。

この世界で一番恐ろしいのは、ズバリ対話が不可能な奴《やつ》だ！

森で絶対に会いたくない存在、堂々の第一位……クマとかな！

もしクマが……、

「ちょっと待ってくれよ。俺には妻と子供がいるんだ。殺さないでくれるかな」

「それなら仕方ないな。見逃してやるから、幸せにしろよ」

「いいのか？」

「川でシャケでも取って食べるさ」

そんな奴だったら、全然怖くない!!

対話ができるなら、いくらでもやりようがあるのだ！

「でも、ズッキーさんみたいな下等な人間種が相手にされるわけないじゃないですか」

「なら、人間より上等らしいお前はどうなんだよ」

「私だって無理ですよー。ドラゴンですよー？　魔力も何もかもダンチなんですからー。私はちっちゃい宝石みたいなもので、か弱くて小さな一介の妖精にすぎないんですからー」

そこまで言ってから、ケシーはふと、何かに気付いたようだった。

「……でも、なんであんなところにドラゴンが？　普通はもっと、ダンジョンの奥も奥の奥深くに住んでるはずなんですけど」

「そうなのか」

たしかに、政府機関や軍、それに民間の冒険者たちがダンジョンの探索を始めてから結構な年月が経《た》ったというのに……ドラゴンと遭遇したというニュースは、いまだに聞いたことがない。

やれやれ。俺は一日で、どれだけの世界初と出会えばいいんだ。もしくはドラゴンに会ったことのある奴はいるのだが、単に一人も生還できていないだけなのか。

「とにもかくにも。ダンジョンの出入り口にドラゴンなんて、普通は居るわけないんですよ」

「たしかに、ダンジョン入って二秒でボス戦は嫌すぎるな……何か、あそこに陣取ってる理由があるのか？」

「うーん……つまりは……」

ケシーは何かを考え込むようにして、顎に手をやった。

「……何かもっと大きな存在から逃げて来て、あそこに留《とど》まった……？」

そこまで議論したところで、俺は話を少し巻き戻す。

「ドラゴンと……会話はできるんだよな？」

「できるでしょうけど、オススメしませんよ。ズッキーさんだって、ハエと話したいとは思わないでしょ？」

「いや。ハエが話しかけてきたら、ビックリして話し込むと思う」

「そういうことじゃなくてね？　意図を汲《く》み取って欲しいですけどね？」

「そもそもドラゴンって、何が楽しくて生きてるんだ？」

「ドラゴンにめちゃくちゃ失礼な人ですね」

「そうじゃなくて、真面目な話なんだよ。何か興味のある話題とかないのか？」

「うーん……たとえば……って」

ケシーは少し考え込んでから、俺のことをじぃっと見据えた。

「もしかして……マジで交渉しようとしてます？」

「営業マンだからな」

◆◆◆◆◆◆

ケシーとの作戦会議の後。

俺はネクタイを締め直して身だしなみをチェックしてから、氷雪系ドラゴンが寝ている洞穴へと足を踏み入れた。ひんやりとした空気に包まれて、全身に鳥肌が立ち始める。ケシーが言っていたが、ドラゴンは洞穴全体に、自分の属性と同じ結界を張っているらしい。いわばこの洞穴全体が、あの氷の竜のテリトリーなのだ。

その結界に足を踏み入れたことで……寝入っていたドラゴンの瞳が、パチリと開かれた。

爬虫《はちゅう》類《るい》然とした足の爪が雪の積もった地面に突き刺さり、意識を持った巨大建造物が自分の意思で立ち上がったかのような振動が鳴り響く。圧倒的な威圧を含んだ冷たい風が吹きすさび、鼻の中の水分が凍るのを感じた。

『〝………〟。』

俺がやや怖気《おじけ》づいていると、そのドラゴンは青色のワイシャツにネクタイ姿の俺のことを、品定めするように眺めた。そして、何の会話を交わすこともなく……竜の口が大きく開かれて、その喉奥に、凝縮した氷の力が蓄えられていく。

「ま、待ってください！」

俺がそう叫んでも、竜はみじんも意に介す様子は無い。

まるで、俺のような下等な存在の声など、聞こえてすらいないかのように。

ヤバイヤバイヤバイ！

本当に、俺の声聞こえてるのか!?　理解されてるのか!?

しかしここまで来たら、やるしかねえ！

この俺の周囲ごと吹き飛ばさんとする……おそらくは氷の息吹を怠《だる》そうに蓄えるドラゴンに対して、俺は言おうと決めていた言葉を叫ぶ。

「貴方《あなた》の……大切な資産管理のご相談に、乗らせていただきたいのですが！」

ピタリ、と竜の動きが止まった。喉元に溜《た》められていた謎のエネルギーが引っ込められ、その竜はゴクリと喉を鳴らすと……俺を氷漬けにして粉々に砕くはずだった息吹を飲み込む。

『〝資産管理……？〟』

ドラゴンのドスの利いた声が、脳に直接響いてくる。それは白い鱗《うろこ》のドラゴンからは、まず聞けそうにもない言葉だ。

やった！　食いついた！　ケシーの言ったとおりだ！

ここぞとばかりに姿勢を正し、俺はドラゴンの心理的懐へと切り込もうとする。

「はじめまして！　わたくし、小和証券の水樹《みずき》という者です！」

『〝貴様が何者かなど、どうでもよいわ……。〟』

「失礼いたしましたっ！」

俺はビシッと頭を垂れると、それでもめげずに次の手を切り返そうとする。営業の基礎基本土台礎《いしずえ》は、会話とコミュニケーションに他ならない。たとえ最初こそ悪印象であろうと拒絶から始まろうと、会話が継続する限りは営業が続いている！　その最後の瞬間まで！

「しかし、わたくし！　これまで数多くのお客様の大切な財産の管理と運用に携わらせていただいた経験のある、資産形成と管理のプロでございます！　僭越《せんえつ》ながらこのわたくしであれば、貴方の大切な資産の管理につきまして！　竜である貴方がお守りする、宝物の管理につきまして！　効果的なご助言をすることができるのではないかと！　思いましてぇっ！」

一世一代の大博打《おおばくち》……！　新入社員時代から磨いてきた、証券営業のスキル！

日本の営業マンはドラゴンに通用するのか、やってやろうじゃねえか！

2

ドラゴンと対峙《たいじ》する俺は、ケシーとの会話を思い出していた。

「いーい？　ドラゴンがどうして、ああやって洞穴に住んでるかわかりますか？」

「わからん」

「ぶっぶー！　残念！」

「いや、わからんって言っただろ」

「今のはズッキーさんの存在が残念って意味ですよ」

「斬新だねえ」

「わからないようなので、教えてあげましょう！　正解は、宝物を守るため！」

ケシーは得意げにそう言った。

「宝物？」

「そう！　煌《きら》びやかな宝石！　希少で価値の高い財宝！　ドラゴンはそういう宝物をダンジョンの奥まで運んで隠して、洞穴で大事に守る習性があるんですよ！」

「そう聞くと、何だか可愛《かわい》げのある奴だな。でもたしかに、ゲームとかでもそういう感じかも」

「げえむ？」

「いや、話の腰を折って悪かった」

やはり、ケシーと俺の間では大きな認識の隔たりがあるな。

「続けてくれ」

「つまり！　ドラゴンが興味のある話題っていうのは……ズバリ！　自分の宝物のことだけ！　あとはもう基本的に最強かつ完璧な存在だし不死だから、悩みも興味も一切ナッシーって感じ！」

「宝物……なるほど！　つまりは財宝、財産ってことだな！」

「そのとーり！」

「それなら、俺の得意分野だ！」

ケシーはそう言って胸を張った俺のことを、ジトリとした目で眺める。

「得意分野って言ったってねー。あっきらかに自殺行為だと思いますけどー？」

「いいや……この状況を打開するヒントは！　心理学にある！」

「しんりがくぅ？」

◆◆◆◆◆◆

そして現在。

息を吐くだけで俺のことを殺せるであろうドラゴンは、白い鱗に覆われる目を細めた。

『〝資産管理……？〟』

「その通りです！　お客様の資産を運用し適切に管理するのが、わたくしの仕事であります！」

『〝貴様……我が財宝を狙いに来た、盗人《ぬすっと》ではあるまいな……？〟』

「とんでもございません！」

冷や汗をかいて叫びながらも、俺はたしかな手ごたえを感じていた。

たしかに食いついているぞ……！　ケシーの言う通り、マジで興味がそこにしかないんだろうな！

そもそも人の悩みというのは、大きく分けて四つに集約されるとも言われている。いわゆるHARMの法則。Health（美容や健康）、Ambition（夢や将来）、Relation（人間関係）、そしてMoney（お金）である。人というのはこの四つのHARMに生涯悩み続ける悲しい社会的動物であるが、そこに入り込んで売り込むのが、俺たち日本の営業マンであるわけだ。

俺の専門は証券・金融資産とはいえ、それは何もMoney（お金）だけを取り扱うわけではない。老後などの将来や健康に対する不安、結婚などのとにかく金がかかるライフプラン。俺たちはそこを取っかかりとして、顧客の資産形成を促し、これをサポートするわけである。

そしてこのドラゴンの場合、彼の悩み事にして最大の興味関心というのは……まさにMoney（財宝）！　そこは俺の最大の得意分野！　まさか俺も、ドラゴンに対して営業をかますことになるとは思っていなかったが……まあいいだろう！

『〝ふん。小癪《こしゃく》な。〟』

ドラゴンはそう言って、俺のことを上から見下げた。

『〝貴様のような小さき者に助言を貰《もら》わずとも……我が居れば、財宝は安泰安全である。〟』

ふむ……。

一見、取りつく島もなく拒絶されているように見えるこの態度だが……俺としてはむしろ好都合！　大体ケシーによれば、俺みたいなちっぽけな存在と会話をしていること自体が有り得ないのだ。興味が無い風を装いながらも、こいつはこの話題に確実に関心を持っている。

さらに、自分が〝賢い〟と思っている奴ほど……そして実際に〝賢い〟ほど！　説得の余地はある！

「しかし……最近はここも、色々と変わって来ているように見えますね」

諸事情により、物理法則を無視しながら現在進行形で。

『〝だからどうした？〟』

「最近、何か物騒なこととかはありませんでしたか？　貴方ほどの存在であれば、何も心配は要らないことだとは思いますが……」

ピクリ、とドラゴンの鱗が反応し、周囲に漂う空気が張り詰めた。それは人間であれば、傍《そば》にいても感じられないような、些細《ささい》な感情の変化だ。

しかし、この圧倒的な質量差！　少し感情の色が変わるだけで、周囲の空間すら捻《ね》じ曲げてしまう究極の存在！

やはりこのデカブツは……この件について、何か心当たりがある！

『〝貴様……この我を愚弄するつもりか？　我がこの迷宮の奥から逃げて来て、こんな浅い洞穴に陣取る、情けない竜だと言いたいのか？〟』

ビ、ンゴ……！

ドラゴンの威圧に気圧《けお》されながらも、俺は拳を握りしめる……！

ケシーの推理通りだ！　こいつは元々、ダンジョンの奥深くで暮らしていたのだが……何らかの脅威に追われて、ここまで引っ越してきた！　つまりは直近に、自分自身と守るべき宝物の危機を経験している！

「いいえ！　そのようなつもりは、毛頭ございません！」

『〝もうよいわ。氷漬けにして、生きたまま砕き！　降り積もる白雪の中で、我を嘲笑したことを永久に後悔させてくれる……！〟』

「わたくしは！　資産管理のプロフェッショナルでございます！　必ずや貴方のお役に立ちます！」

俺は力の限りに叫んだ。

「今ここで！　わたくしを殺せば！　わたくしがお教えできる、貴方の財産を確実に守るための術《すべ》は！　永遠に失われます！」

どうだ……？

叫んでから、俺はゴクリ、と生唾を飲み込んだ。

行動経済学、プロスペクト理論……！　人は利益を獲得できる場面では、利益を「確実に手に入れること」を優先し、逆に「すでに手に入れている物を失うこと」を何よりも恐れる……！

つまり人は、「この商品を買えば、こんな良いことがありますよ」とメリットを強調されるよりも、「この商品を買わないと、こんなことになってしまいますよ！」とデメリットを強調された方が、人は物を買いたいと思うのだ。

こいつは人じゃないけどな！

証券マン的には、「資産運用すれば、これだけお金が増えますよ」と説得するよりも、「資産運用しないと、あなたの老後はこんなことになってしまいますよ！」と迫る感じだ！

最大の興味関心である大事な宝物が失われるかもしれないという、実際に体験した損失の恐怖！

そしてそれを確実に守ることができるかもしれない俺を、殺しさえしなければ確実に獲得しているこの状況！

実際にどういうアドバイスができるかは全然わからないし、その辺りは未来の俺のアドリブ力に任せるしかないが……！　このドラゴンを、自分の顧客にするという壁さえ突破できれば……っ！

その白い竜は、ふたたび大きく開こうとした口を一瞬だけ止めて、俺のことをジロリと眺めた。

そして、冷ややかな声色で告げる。

『〝…………知らぬわ、小童《こわっぱ》が……。〟』

あっ。

あ…………。

俺は頭がやや真っ白になりながら、その場に立ち尽くした。

駄目だったかー……。命を懸けた営業、失敗かー。

死に直面した俺は、なぜか妙に諦めの良い自分自身を感じている。

くそっ。左遷されようと、どうしようと。

絶対に取り返してやるって、言ったのになあ……。

そのとき。

背後から、ヒュオッ！っという羽音を立てて、小さな何かが飛んできた。

「ま、まままま待ってくださーい！　ドラゴンさまー！」

そう叫んで飛んできたのは、洞穴の入り口に隠れて様子を窺《うかが》っていた、手のひらサイズの全裸妖精……。

「け、ケシー!?」

「ちょ！　ちょちょちょちょちょーっとだけ待ってください！　ドラゴン様！　ほんの少しだけ、この下等で低俗で可哀《かわい》そうなアホの話を、聞いてあげてくださいませー!!」

『〃…………あ？〃』

ケシーはその小さな身体《からだ》を滞空させて、羽をバッサバサと羽ばたかせながら空中で土下座するという器用な芸当で、必死にそう叫んだ。

「いやー！　私もこの馬鹿を止めたのですがー！　めっちゃ止めたのですがー！　ご無礼をお許しください！　ほんとお許しくださいー!!」

ケシーは羽ばたく羽と同じ速度で高速の土下座を繰り返すと、祈るように手を組む。

「そのー！　ついさっきにこの馬鹿に命を助けられましてー！　妖精の串焼き塩味になるところを

助けられましてー！　はいー！　種族は下等でも根はたぶん良い奴なんですー！　たぶんー！　どうかちょっとだけ、ちょっとだけでも！　話を聞いてあげてくださいー！　お願いしますー！　なんでもしますからー！　あと、もし殺すとしても私だけは助けてくださいー！」

　おい、こいつ最後なんて言った。

　とにもかくにも両手を組んで、バッタバッタとパンクロックのヘッドバンギングの如《ごと》き速度で空中土下座を繰り返すケシーの姿を見て……その白いドラゴンは、大きく開いた口をパクリと閉じた。

『〝…………ふむ。そうまで言われては、仕方がない。〟』

「えっ」

「ほんとに？」

　俺とケシーがあんぐりと口を開けていると、そのドラゴンはゴホンと咳《せき》ばらいをした。

　息を吐いた口元の大気が凍り付き、パラパラと雪が降り積もる。

『〝まあ……我も、別に意固地になる必要は無かったかな……うん。〟』

「へっ？」

「マジ？」

『〝まあ全然興味は無いが、試しにその財宝を確実に守る方法というのを教えると良い。全然興味は無いがな。でも丁寧に教えるとよい。ついでに、我の自慢の……いや守るべき宝物も、特別に見せてくれよう。〟』

　ドラゴンが咳ばらいをしながらそう言ったのを見て、ケシーは嬉《うれ》しそうに俺の方を振り返る。

「ねえねえ！　これも〝しんりがく〟ってやつ？」

「そうだな……！　命がけ高速土下座効果、と名付けよう！」

3

「それではまずは……お客様の保管する、宝物の方から確かめさせていただいてよろしいでしょうか？」

『〝ふん。まあ、良いだろう。仕方がない……〟』

白竜はどこか自慢げな声色でそう言うと、その大きな身体を退《ど》けて、背後に隠された宝物の数々を見せた。

「うおーっ！　すっごーい！　さっすがドラゴン様ー！」

『〝ぬはは、まあこれくらいはな。当然のことだ。〟』

光り輝く金銀財宝の山を前にして、ケシーは興奮しきった様子。ドラゴンもその反応に、すっかり気分を良くしたように見える。

しかし俺は一人……その宝物の山の中でひときわ異彩を放つ、一つの白い箱を見て、顔をしかめていた。

「……………えっ？」

『〝どうかしたか、人間よ。〟』

怪訝《けげん》な顔をする俺に気付いたドラゴンが、上からそう尋ねる。

「い、いえいえ！　いや、あの……これは!?　この白い箱が……気になる……じゃなくて、心奪われまして！」

『〝おお、その白箱が気になるのか？〟』

「はい……その、特に……！」

『〝これに目を付けるとは、人間にしては良い鑑識眼をしておるわ。〟』

ドラゴンはそれを前足でひょいとつまむと、愛《いと》おしげに頰の鱗で撫《な》で始めた。

『〝これは、ついさっき見つけたものでな。我の新しいお気に入りなのだ。〟』

つい先ほどの威圧の声とは全く異なる、可愛らしい猫撫で声が頭に直接響いて来る。

『〝この硬質かつ滑らかな白細工、発光して形を変える幾何学模様に、差し込まれた精巧な作りの呪文譜……！　どれを取っても美しい！　うむうむ、良い物を見つけた……！〟』

ドラゴンはそう言うと、その白箱に差し込まれた細長い紙を前足の爪で器用につまんで、出し入れしてみせる。

すると、カシャンッという機械音が鳴り響き、その紙片に刻印が刻まれた。

『〝見てみると良い。この興味深い仕掛け。おそらくは魔術装置の一種で、この白箱に差し込むことで刻印を施す仕掛けになっておるのだ。これはどういう意味の記号なのかな……うぅむ、大変気になるところである。ミステリアスであるなぁ。〟』

そう言って、嬉しそうに箱から紙を出し入れするドラゴンの姿を見て……俺は、喉から出かかっている叫び声を、なんとか抑えていた。

それは……勤怠記録用の、タイムレコーダーだっ！

ダンジョンの発生に呑み込まれて、支店の備品がダンジョン内に散らばったのか！

その硬質かつ滑らかな白細工は、ただの白色プラスチックだし！

発光して形を変える幾何学模様は、電池式のデジタル時計の画面だし！

差し込まれた精巧な作りの呪文譜は、勤務時間が書いてあるただのタイムカードだ！

しかも角田英一郎さんのタイムカードだっ！　誰だっ⁉

「ズッキー、どしたの？　知ってるの？」

「あ、あぁ！　その通り！」

ケシーにそう聞かれて、俺は混乱する頭を切り替える。

「よ、良かった！　いやあ、お客様はとても運が良い！」

『〝どうか、したのか？〟』

「わたくし、実はその装置のことを知っておりまして！」

『〝おお、本当か。流石《さすが》は、財産管理のプロを自称するだけはあるな。〟』

「実はこのままだと……その装置は、動かなくなってしまいます！」

電池式だからな！

『〝なんと⁉〟』

ドラゴンは初めて、焦ったような素振りを見せた。可愛いなこいつ。

『〝ど、どうすれば良いのだ。何か、魔力が必要なのか？〟』

「いえ……実はこの装置には、〝電池〟という専用の原動力が必要でして」

『〝なんということだ……その〝デンチ〟とやらが無いと、どれくらいで動かなくなる？〟』

「もって一か月……ほどかと……」

『〝たった一か月!?　本当か！〟』

ドラゴンはそう叫ぶと、その爬虫類の目を細めて、すこぶる悲しそうな表情になる。

『〝なんと儚《はかな》き宝物よ……！　我は悲しい。これも運命の悪戯《いたずら》、時の巡り合わせなのか……！〟』

「で、ですが！　ご安心ください！　わたくしであれば、外の世界からその〝電池〟を取り寄せることができます！」

『〝本当にか！　頼む、人間！　その〝デンチ〟とやらを持ってきてくれれば、相応の礼をしよう！〟』

「お、お任せください！　お客様の資産を守ることが、わたくしの使命ですから！」

「へー！　ズッキーさんすごーい！」

やり取りを聞いていたケシーが、俺のことを見直したようにはしゃいだ。

『〝いやあ、良かった良かった。危ないところであった。たまには人間種の言うことを聞いてみるものであるな。〟』

安心した様子のドラゴンは、ズゴゴゴ！　という壮大な音を立てて移動すると、宝物の山の中から何かを捜し始めたようだった。

『〝ふむふむ……はて、アレはどこにいったかな。あの黒服から逃げて……いや引っ越した時に、どこかに埋もれてしまったかな……おお、あったあった。〟』

彼は財宝の山の中から小さな宝箱のようなものを探り出すと、それを俺の前に置いた。

『〝人間よ。必ずや持ってきてくれよ。〟』

「は、はい！　必ず！」

『〝その宝箱は、ささやかな礼である。持って行くとよい。〟』

「えっ……いいんですか!?」

「えーっ！　いいのー!?」

俺とケシーがそう聞くと、ドラゴンは長い首を上下させて頷《うなず》いた。

『〝よい、よい。どうやら、その中にはスキルを封じた呪文譜が入っているようであるのだが。我には不要であるが故にな。箱がなかなか綺麗《きれい》だから、取っておいただけなのだ。〟』

「あ、ありがとうございます！」

俺はその宝箱を抱えると、洞穴を囲むように延びる坂道の方をチラリと見る。

「それでは……外から〝電池〟を取ってくるために、一度失礼してもいませんでしょうか？」

『〝うむ、大儀であるぞ。行ってくるとよい。なるたけ、たくさん持ってきてくれよ。〟』

俺はドラゴンに会釈すると、坂道を上って、出口へと歩いて行った。

外に出ようとする俺の背中に、竜が問いかける。

『〝……そういえば。この白箱は、何のための装置であるのか？〟』

俺は振り返ると、彼にこう言った。

「それは、時を管理する装置なんですよ」

『〝時を管理する！　うぅむ。宝物に相応《ふさわ》しき、いたく高尚な役目である。〟』

彼は満足げに鼻を鳴らした。

会社で、出勤と退勤の『時』間を正確に『管理する』ための『装置』。

嘘《うそ》は言っちゃいないさ。

◆◆◆◆◆◆

ダンジョンから出てみると、そこには俺がダンジョンに足を踏み入れた時と全く変わらない光景が広がっていた。

貰った宝箱を小脇に抱えてスマホを見てみると、バグったように時間表示が乱れて、改めて時刻が表示される。あれだけ歩き回ったはずなのに、まだこちらの世界では数分しか経過していないようだった。

生成直後のダンジョンでは、時空が歪《ゆが》んで不思議な現象が起きるというが……これもそういうことなのか。なんにせよ、脱出した直後に行政やら警察やらに囲まれることにならなくてよかった。

「あー……生還できたなあ」

感慨深くもそんなことを呟《つぶや》いて振り返ると、今さっき通って来たはずのダンジョンの入り口は、また別の場所と繋《つな》がっていた。大守《おおもり》支店跡地であるダンジョンの入り口は、ドラゴンが支配する洞穴ではなく……俺が最初に入ったような、単なる洞窟の通路になっている。

あんなドラゴンといきなり出会ってしまうような入り口のまま、固定されないで良かった。これで全部、一件落着というわけだな。

そんなことを考えていると……。

「ゲェーっ!?」

隣に浮かんでいたケシーが、そんな素っ頓狂な叫び声を上げた。

「な、なんだ!? どうした、お前!?」

「なにここ!? どこ!? どういうことー!?」

「どこって、ここは北海道の大守市だけど……」

「ホッカイドウ!? オオモリー!? 何それ、どこそれー!? ホッカイドウ王国なの!? ホッカイドウ帝国なの!?」

「ああと……本当になにもわかんないのか、お前?」

「わっかんなーい!? なにこれ!? 別の世界なの!? どういうことなのー!?」

ケシーが混乱してそんな風に叫んでいると、遠くからパトカーのサイレンが聞こえてきた。

「まずい！ ダンジョンの発生が通報されたんだ！ 見つかる前に逃げるぞ！」

「なになに!? なにから逃げるのー!?」

「いいから！ お前捕まったら、ひょっとしたら串焼き塩味になるよりひどい目に遭うかもしれねえぞ！」

世界で初めて見つかった、知的モンスター的な意味で！

研究対象的な意味で！

「なにそれー！　串焼き塩味よりヤバイことってどういうことなのー！」

「いいから逃げるぞ！　ほら！」

三

3章

金貨ではなく日本円でお支払いください

Modern dungeon strategy starting with broken skill

1

契約したばかりの賃貸住宅。

ここ北海道の田舎では、東京に比べれば信じられないほど安い家賃で、ずっと広くて良いアパートが借りられるのだ。転勤が決まった後に嬉《うれ》しかったことといえば、この物件選びくらいだろうか。

そんな新居で……。

「なーにこれぇ!?　どういうことー!?」

スペースこそ取らないが騒々しい小さな同居人が、荷解《にほど》きも満足に終えていない部屋の中でヒラヒラと飛び回っている。

「どういうことったって、こういうことだよ」

「ぜんっぜん!　わけわかんないー!　一体全体、ここはどこの世界ですか!?　どこの異世界なのですかー!?」

「地球だよ。地球」

「チキュウ!?　エングラシル大陸は!?　神聖ガルマ帝国は!?　エルフたちが住まう神秘の森

はー!?」

「そんなもんねえよ」

俺は買い溜《た》めておいたカップラーメンにお湯を注ぎながら、ケシーに尋ねてみる。

「お前、カップラーメン食べる？」

「なにそれ!?　お湯!?　お湯入れたらどうなるの!?」

「食べられるようになるんだよ」

◆◆◆◆◆◆

「うぅぅ、どこですかここは……私の故郷の森は、一体どこへ消えてしまったのですか……」

居間にぽつりと置かれた木製のテーブルに座り込んで、ケシーはグスグスと泣きながら、冷ましたカップラーメンの麺を齧《かじ》っていた。

手のひらサイズのケシーにしてみれば、ラーメンの麺一本だろうと途方もない長さの恵方巻の如《ごと》き大きさである。食費には困らなそうなやつだ。

「つまり……お前はここは全然違う、異世界の住民だったわけか」

「そうですー。こーんな所かまわず鉄の箱が走り回っているような、灰色でチンチクリンな世界。私は知りませんー」

ということは……四年前からこの世界に発生し始めたダンジョンは、本当に異世界と繋《つな》がっている通路であるわけだな。

しかし……これはどうしたものか。チュルリと麺をすすりながら、俺は考えた。

現代人にとって、ダンジョンが身近な存在になってから数年経《た》つわけだが……こんな風に会話ができる知的生物とは、まだ人類は出会っていないはずだ。もしかしたらすでにアメリカかどこかは遭遇していて、隠しているだけなのかもしれないが……そんなのは、都市伝説的に語られる無数の陰謀論の一つにすぎない。

しかし俺は、そんな世界初と二人……いや二匹（？）と、一日にして遭遇してしまったことになる。しかも一人は、なし崩しに家に連れて帰ってしまった。あのドラゴンは今頃、どうしているのだろう。ダンジョンの生成が終わって、出入り口は別の場所と繋がったようにも見えたが……まあ、よろしくやっているだろう。

今度電池届けに行かなきゃな。しかし、また会える日は本当に来るのだろうか。

「そういえば」

俺は麺をすすりながら、あの白竜から譲ってもらった宝箱を引っ張り寄せる。

「スキルが入ってるとか何とか言ってたな。どれどれ？」

「どうせ、大したスキルじゃありませんよー。ドラゴンは中身がどうとか関係無いんですから。見た目がピカピカ綺麗《きれい》かどうかなんですから」

「そんなこと言うなよ。それに大したスキルじゃなくたって、儲《もう》けものさ」

カップラーメンを食べながら宝箱を開けてみると、バシュン！　と玉手箱よろしく白い煙が溢《あふ》れ出た。

「うわっぷ！　なんだこれ！」

「げほっ！　もー！　食事中に変なことしないでくださいよー」

ケシーの文句に紛れて、ピロリン！　という音が鳴る。それは、初めてステータスが出現した時に鳴った音だった。

俺の目の前に、もう一度ステータス画面が現れる。よくよく見ると、スキル欄が『＋1』になっていた。新規取得スキルがあるってことか、わかりやすい。しかもよく見てみれば、この画面……どことなく、Bapple社のBiPhoneを思わせる作りになっている。

異世界のステータス画面ってのは、ユーザビリティに配慮されているもんなんだな。向こうの異世界にも、スティール・ジョヴズみたいな奴《やつ》がいるに違いない。もしかしたら転生してたのかも。ははは、まさかな。

そんなたわいもないことを考えながらスキル欄を指で押してみると、空中に浮かぶ文字が崩壊し、再度組み合わさって新たな画面が現れた。

保有スキル1……『スキルブック』。

「『スキルブック』？　ケシー、どんなスキルか知ってるか？」

「知りませんよー。聞いたこともないですー」

そう言ったケシーは、そこで初めて興味を示したのか、俺のステータス画面を覗《のぞ》き込む。

「珍しいスキルですね……って、『保有スキル』一つ……？　どうなってるんですか。どんな生活してたら、こんな貧弱なスキル構成に育つんですか」

「こっちの世界には、スキルなんて元々ねえんだよ」

俺はカップラーメンを食べ終えると、ノートパソコンを開いてネットブラウザを立ち上げた。

ダンジョンから人類が獲得した主要な資源は、大きく三つに分かれる。

一つ目はスキル。二つ目が魔法。そして三つ目が、元々地球には存在しない鉱石や物質の数々。これには、ダンジョン内のモンスターも含まれる。

発生当初はその全てが人類の科学史を塗り替えるほどの大発見であったダンジョン産物も、四年という時の経過の中で探索や研究が進み、ありふれてたいした価値の無いものから、数十億を出しても手に入らないものまで、それぞれランク分けがされるようになった。そして通貨に石油や金といった各種資源、おおよそ値段の付く全ての物は、その価値が変動するもので……。

「……なんですか、これ？」

ジグザグの赤と青のグラフが何本も表示されているパソコンの画面を覗き込みながら、ケシーがそう聞いた。

「ダンジョンＦＸだ」

「全く意味がわかりません」

昨今では仮想通貨ブームに代わり、各種ダンジョン資源の価格変動をグラフ化した為替《かわせ》チャート……通称ダンジョンＦＸが、投資家どころか一般人すらも注目する、最も盛んな投資先になっている。

「おや、火炎スキルが暴落してるな」

火炎スキルの為替チャートが凄《すさ》まじい暴落具合を見せているのを発見して、俺はニュースサイトを立ち上げる。何かあったのだろうか。

どうやら、イギリスの冒険者が火炎耐性付与のスキルを発見したらしい。だからといって火炎スキルの価値が落ちるとは思えないのだが、このニュースを受けて売りが活発化したのだろう。一時的な下げと見た。他にも色々なチャートや表を確認すると、俺は一息つく。

「『スキルブック』は……どこにも無いな。未発見のスキルってことか」

ステータスが出現した者同士であれば、保有したスキルは互いに譲り渡すことができる。

お互いのステータス画面を並べて、まるでパソコン画面のドラッグ&ドロップのようにやり取りするらしい。そのために、こういったサイトではスキルの買い手と売り手に分かれて、日夜スキルの価格が変動しているのだが……どうやら俺の手に入れた『スキルブック』なるスキルは、どんなサイトにも記されていないようだった。

唯一見つかったのは、WEB上の小説投稿サイトの、とある作品だけ。

このファンタジー小説の中に登場する、架空の同名スキルが引っかかったようだ。公開年月日は……ダンジョン発生の数年前になっている。先見の明がある奴だな。だからどうしたという話でもないのだが。

「ねえねえ、ちょっと使ってみません？　どんなスキルなのか気になりません？」

「まあ、そうだな。よーし……」

俺はケシーに急《せ》かされる形で、自分が手に入れたスキルを発動してみることにする。

「『スキルブック』！」

2

ドサリ、と分厚い本が落っこちた。

それは空中に突然出現して、そのまま床に落下したのだ。

「これが……スキルブック？」

「うーん？　本を発現させるスキル……いや魔法？　ですかね？」

ケシーに見守られながら、俺は恐る恐る、その本を手に取ってみる。

その分厚い本はカードホルダーのような作りをしているが、ペラペラとめくってみても、どこにも何のカードも入っていないようだった。

「スキルブックというより……空のカードホルダーか？　懐かしいなあ。小さい頃、遊戯帝っていうカードゲームが流行《はや》った時にさ。こういうの持ってたよ」

「……あれ？　ストップ！　ちょっと、前のページに戻ってくれません!?」

「ん？」

ケシーに言われるがままページをめくり直すと、前の方のページに、一枚だけカードが挟まっていた。

それは『火炎』と書かれたカードで、表面にはわかりやすくも燃え盛る火の意匠が描かれている。カードの右端には赤く光る宝石のような物が十個ほど縦に並んでおり、そういうカードデザインのようだった。さらには子供の頃に流行ったトレーディングカードゲームよろしく、カードの下半分には効果説明のようなテキストが記されている。

＝＝＝＝＝＝＝＝＝＝＝＝＝＝＝＝＝＝

『火炎』　ランクＥ　必要レベル７
攻撃魔法
対象に火属性の４点ダメージを与える。
スリップダメージ：３（燃焼）

＝＝＝＝＝＝＝＝＝＝＝＝＝＝＝＝＝＝

「……なんだ、このカード」

そう呟《つぶや》きながら、そのカードを引き抜いてみると……ボワッ！　という音がして、本から突然巨大な火の柱が噴き出た。勢いよく噴出した火の粉が周囲に拡散するように飛び散って、火炎が辺りに撒《ま》き散らされる。

「うわっちゃあ！　な、なんだこれ！」

「『スキルブック』……なるほど！　そういうことですか！」

慌ててホルダーの中にカードを戻して、俺は引っ越したての新居が燃えていないか確認する。幸いにも、どこも焦げたり燃えたりはしていないようだ。テーブルの上に置いていたカップ麺のつゆは、派手に零《こぼ》れてしまっていたが。

「スキルをカード化して保存する！　保存したスキルは、本から出し入れすることによって自在に発動することができる！　なるほど、だから『スキルブック』！」

「あー……なんとなくわかったけどさ。それだけ？」

「それだけー!?　こんな凄《すご》いスキルの何が不満なんですか！　大したもんですよ、こいつは！」

ケシーは興奮したように羽をパタパタとさせて、俺にそう言った。

「でもさ、スキルなんて自由に受け渡しできるだろ」

「おそらくですね！　この本にカード化して入れてしまえば、スキルの容量もレベルも関係なく、いくらでも保存してどんなスキルでも発動することができるんですよ！　それこそ、超高レベルが必要な最高級スキルから……最上級魔法まで！　こんな凄いスキル、なかなか無いですよ！　レア中のレアレアアレアレアレアですよ！」

「なんとなく言いたいことがわかったよ。俺はつまり、ダンジョンガチャでウルトラレアを引いたのか」

「何を言ってるのかちょっとよくわからんですが！　そういうことです！」

すごいすごーい！　とケシーが飛び跳ねる。

ええと、ケシーの推測が正しいとしたら……？　俺は状況を整理してみようとした。

『火炎』はダンジョンから手に入れることができる最もありふれた魔法だが、これが根強い人気と高い価格を保持しているのは、その運用の容易さにある。

スキルや魔法というものには、必要レベルというのが存在するのだ。つまりはレベルが合っていないと、スキルを手に入れてもそもそも発動しなかったり、全然効果が無かったりする。

その点、『火炎』の必要レベルはかなり低く、子供以外のほとんどの人間が扱うことができる。だから、冒険者資格を取ったらまずは『火炎』を買えと言われているほど。冒険者を職業としていれば、こういうスキルなどもいつかは手に入るものなのだが、そのためにはダンジョンに潜らないといけないわけだから……その前に、汎用性の高い戦闘用の魔法を一つくらい持っておけということらしい。

「いやはや、大したスキルを手に入れたもんだな。売ったらいくらくらいになるだろう……」

「はぁーっ!? 売る!? もったいなすぎますよー!」

「だって、こんなレアスキル売ったら……たぶん、余裕で億とか超えるぜ」

「はーっ! これだから俗物の人間種は! こーんなレアレアスキル売っぱらうなんて、ありえんありえんてぃーですよ!」

俺は必死に抗議するケシーを眺めながら、この妖精も然《しか》るべき場所に売ったら、億どころか何十億とかいう値段が付きそうだな、と思った。

「まあ……たしかにそうだな。すぐには売らねえよ。こんなアパート暮らしでこんなヤバイ物を持ってますなんて知られたら、大変なことになっちまうからな」

「将来的には売るつもりなんですね!?」

「セキュリティのめちゃくちゃ高い所に引っ越して、安全に取引できる算段がついたら……」

「わー！　ダメダメ！　絶対ダメー！　このケシーが許しませーん！」

3

そんなゴッタゴタな一日の、翌日。

本社に連絡を取ってみると、こんな返答が来た。

『あー……大守《おおもり》支店については、もう話は聞いてるよ』

「どうも。話が早くて、助かります」

スマホの調子が相変わらず悪いので、公衆電話から。家の近くにあって助かった。

小和証券、支店がダンジョン化。昨日、国内における新たなダンジョンの発生が確認された。そのダンジョンは、偶然にも小和証券の支店を呑み込む形で発生しており……。

そのニュースは、今朝の報道番組で見たものだった。

『あー……っと。ちょっと本社で対応を考えてるから、君は自宅で待機しておいて』

「わかりました。しかし、自分会社を辞めるつもりなので、その向きで対応お願いします」

『は？』

「上司を通すべきなんでしょうが、今の僕の上司って、一体誰なのかわからなくて」

『こういうことだから、一応……上村になるんじゃないのかね？』

「元々、上村支店長の嫌がらせで転勤してきたので。転勤先も無くなったことですし、この機会に辞めることにします」

『ちょ、ちょっと待て。嫌がらせって何の話だ？』

「退職に必要な手続きや引き継ぎなどがあれば、進めさせていただきますので。そういうことで、人事の方よろしくお願いします」

ガチャンッ。受話器を落として、俺は公衆電話から立ち去った。

勤務先が消滅した会社を辞めるというのは、ずいぶん気楽で良いものだ。やり残したことはあるが、このまま会社に居るよりも……外から動いた方が良さそうだしな。そのとっかかりは手に入れたわけだ。

やれやれ、さてと。

部屋に戻って来ると、ケシーがテレビを見ながら砕いたクッキーの欠片《かけら》をポリポリと食べていた。

「おやおや。おかえりなさいですよー」

「ああ、ただいま」

「何してたんです？」

「会社を辞めた。というか辞めるって伝えた」

「カイシャ？　ギルドみたいなものですか？」

「大体そんなもんだな」

よいしょっと。テーブルに座り込むと、ケシーは指についた砂糖の粒を舐《な》めた。

「辞めちゃって大丈夫なんです？　私、しばらくは養ってもらわなきゃいけないですけど」

「何とかなるだろ。貯金はあるし、高額間違いなしのスキルも手に入ったし」

それに、お前そんなお金かかりそうにないし。そんなことを話していると、ケシーはいつの間にか、テレビのコマーシャルに見入っているようだった。

最初はスマホもテレビも掃除機も何もかもが不思議な様子のケシーだったが、順応性の高い奴である。一日も経った頃には、おおむねの仕組みを理解して、そんなものだと納得した様子だった。

昨日の深夜にはすでに、『ヨルトーーク！』の「ダンジョンロケで死にかけた芸人」でケラケラ笑っていたくらいだ。

「あーっ！　見てみて！　ズッキーさん！」

ケシーがそう言って、虫並みの力で俺のシャツの袖を引っ張る。テレビの画面には、有名ファストフード店のコマーシャルが流れていた。

「なにあれー！　めっちゃ食べたいんですけど！　すごーい！」

「ハンバーガーか。そっちの世界には無かったのか？」

「似たようなのはありましたけど！　あーんなボリューミーなの無いですよー！　すごいすごーい！」

「でもお前、サイズ的に無理だろ。食えないだろ」

「崩して分ければ何とかなりますよ！　ねえねえ、買いに行きましょう!?」

◆◆◆◆◆◆

そんなことがあり、俺はハンバーガー屋に来ている。

普段はポケットに財布とスマホの手ぶらで出かける俺であるが、今回ばかりは肩掛け鞄《かばん》を腰元に提げている。自分も行くと言って聞かないケシーを隠すために、彼女には肩掛け鞄の中に入ってもらっているわけだが……どうにもこれから、外出時はずっとこうなるような気がしてならなかった。

「うおー！　すごーい！　なにこれー！　魔法？　どういう動力ー？」

「ただの自動ドアだ。っていうか、あんまり大きな声を出すなよ」

「私の声は、ズッキーさんにしか聞こえて無いんで大丈夫ですよー！」

「そうなのか？」

レジの前の列に並びながら、俺はそう聞いた。店内には新商品の広告が貼り付けてある。子供向けセットの特典として、ダンジョンの洞窟性生物《モンスター》を模したキャラクターグッズが貰《もら》えるらしい。そのラインナップにはつい先日に会敵したばかりのゴブリンのフィギュアまであって、俺は微妙な気持ちになる。リアルのゴブリンはあんなに可愛《かわい》らしくない。おっさんなのか子供なのかわからない見た目をして、肌に正体不明なブツブツを蓄えた小柄な筋肉と血管の塊だ。

「そういや、どうして日本語を喋《しゃべ》ってるのか聞いてなかったな」

「私たち妖精は、人間種みたいな物理的なコミュニケーションを取りませんので！　テレパシーみたいなもんなんですよ。それが、ズッキーさんには母国語で聞こえているだけです」

「なるほど」

俺はそう言ってから、これでは一人で喋っている変な奴だな、と気付く。

スマホを取り出して電話している風を装いながら、俺は帰りにワイヤレスイヤホンを買おうと思った。音楽を聴く用でも通話用でもなく、ハンズフリーの電話を装ってケシーと話す用として。

「待てよ？　テレパシー？　それだと、俺の心の中ってお前に筒抜けなのか？　それとも、声に出した奴だけ聞こえるのか？」

混みあっている昼間のレジに並びながら、俺はそう尋ねる。

「声に出してる方も心の中で思ってることも、どっちも聞こえてますけど？　あんまり裏表無いですよね、ズッキーさんって」

「うわっ、それヤバくないか？　エロいこと考えても、お前にはわかっちゃうの？」

「うーん、私が読み取ろうとしてたらそうなりますねー。会話するとき以外は読んでないですけど」

「これからは、エロいこと考えるときはそう言うから。勝手に心を読まないでくれ」

「でも最初に会ったとき、ズッキーさんが私のお尻ばっか見てたの知ってますけど？」

「わかった。悪かったよ」

「ナンジュウオクエンで売ろうとしてたこともねー」

「悪かったって。これからはエロいことと悪いことを考えるときは、事前にそう言うから」

「それはそれでどうなんです？」

そんなことを話していると、前の客がはければ俺の番、というところまで列が進んだ。

そうして待っていると……。

「なに？　ニセンエン？　ニセンエンってのは、一体どういうことだ？」

「いえ、ですから、二千百円になります……」

「ああと……わかった。わかったぞ。通貨の話か。君はお金の話をしてるんだな」

左右二つの窓口の内、右のレジに立つ男が、店員とそんな会話をしていた。

彼はコートのポケットに手を突っ込むと、ジャラジャラと小銭を出して、それをレジの上に広げる。

「ほら、好きなだけとってくれ」

「あの……お客様」

「なんだ？」

「日本円は……お持ちでないのですか？」

「無い。だが、これは金貨だぜ。二十枚もある。これだけあれば足りるだろう」

「あ……あのですね……」

なんだなんだ？

覗きこんでみると、レジでトラブっているのは、どうやら外国人のようだった。

それを見て、「おや？」と俺は思う。流ちょうな日本語で喋っているものだから、てっきり日本人だと思ったのだが。

彼は身長180㎝以上はありそうな、長身で肩幅の広い白人。黒髪はオールバックに撫《な》でつけられており、羽織っているのはどこかの王族のような、金色の刺繍《ししゅう》がされた全身真っ黒のコート。日本人にはまずできない中二病ファッションだ。それでも様になっているのは、さすが外国人というところか。

その隣には、これまた小さな外国人の女の子が立っており、レジでトラブる男のことを不安そうに見つめている。しかし、彼女の服装がこれまたおかしな衣装で、神官のような、ファンタジーアニメのコスプレか何かのように見える。もしかすると二人とも、日本にコスプレをしに来た、アニメ好きの外国人なのかもしれない。しかしわざわざ北海道の、こんなド田舎に？

「ひ、ヒース様ぁ。も、もういいですよぉ。行きましょう？」

「いいや、マチルダ。駄目だ。なあ君、ここじゃあ金は価値が無いのか？　なぜ金貨を受け取らない？」

「いえ、あの……そう言われましても……」

「こっちはハラペコなんだ。長いこと彷徨《さまよ》って来たもんでね。ここは飯を出すんだろう？　なあ、この金貨はぜんぶ君にあげるからさ」

「どうか……しましたか？」

おせっかいだとは知りつつ、俺はそう声をかけずにはいられなかった。

彼が振り返り、高い背丈から俺のことを覗き込む。

外国人補正を抜きにしても、ハンサムな顔立ちだった。ハリウッド俳優か何かだと言われても納得できる。もしくはこの二人は、映画か何かの撮影でこんな恰好《かっこう》をしているんだろうか。

「よく声をかけてくれた。君の名前は？」

「俺は水樹《みずき》っていいます」

「僕はヒースだ。良かったら、ニセンエンを貸してくれないかな？」

4

「いやあ助かった！　すまないな、ミズキ！」

欧米系の外国人……ヒースは、注文したハンバーガーを食べながらそう言った。ハンバーガー数種類にポテト大、ジュースにナゲットにシェイクにアイス。なかなかご機嫌なメニューを頼んだものだな。人のお金で。

レジでお金を立て替えてやった俺は、誘われるままに彼らと一緒の席に着いて、番号札をヒラヒラさせながら自分の注文が運ばれてくるのを待っている。

「これはなかなか美味《うま》い。作りは雑だが、味が濃くてなかなか僕好みだ」

「美味《おい》しいですー」

「うむ、美味《うま》……べぇっ!?　何だこりゃ。ピクルスが入ってるじゃあねえか」

「それがアクセントになって、美味しいんじゃないですかー」

「嫌いな奴もいるってことをわかって欲しいね」

そんなことを言いながらハンバーガーやらポテトやらジュースやらを頬張る、コスプレ風衣装の外国人二人。

ヒースと……たしかもう一人はマチルダ。俺は最近にわかに流行り出した、外国人が日本を訪れる系の番組を見ているような気分になった。しかし日本語が上手なもんだ。目を瞑《つぶ》っていれば、二人がまさか外国人だとは誰も思わないだろう。

「おや。これってハッピーセットっていうらしいですよ、ヒース様」

「ハッピーセット！　グハハ、それは良い！　ハッピーなメニューだな、気に入った！」

ハッピーなのはお前たちの方だ。

「旅行か何かですか？」

俺がそう聞くと、ヒースはオールバックの髪を手で撫でつけながら、モグモグと口の中の物を咀《そ》嚼《しゃく》した。

「うむ。そんなところだよ」

「どうしてわざわざ、こんな辺鄙《へんぴ》なところに？」

「ヘンピなところ？」

「いや、だから……どうして北海道に？」

それも、こんなド田舎の大守市に。

もしもツアー会社か何かの言うままにここまで来たのなら、可哀《かわい》そうという他ない。

「ここはホッカイドウというのか」

ゴクリ、とハンバーガーを飲み込んだヒースは、人差し指を立てながらそう聞き返した。ちらりと見えた彼の手の甲は、拳頭がやや潰れて拳ダコになっている。ボクシングや空手によって何度も突きを繰り返さなければ、その拳はそうはならない。つまり彼には、確実に格闘技の経験があるということだった。総合格闘技でいえば、その180㎝超の身長は……ウェルター級からミドル級といったところか。

「まあ、そうですけど」

「なるほど。ホッカイドウ。気に入った。技術体系はまるっきり違うが、非常に高度な文明が発達しているみたいだな。人口はちょっとばかし少ないような気もするが、とても広大な都市だ」

なんだか、よくわからない言い回しをする人だ。

「ここはホッカイドウ王国なのか？　それとも帝国か？」

「いえ……だから北海〝道〟ですけど」

北海道を勝手に独立国にするな。

「〝ドウ〟というのが国の単位なのか？　どういう自治国のことだ？」

ヒースは真面目な調子で、そう聞いた。

……本当に何も知らないのか？　それともアニメか何かの台詞《せりふ》や言い回しを真似《まね》して、俺を困らせているだけか？　日本のサブカルチャー好きの外国人は、アニメから日本語を学んで変な言葉遣いを覚えることもあると聞くが……。

「あー、ですから、日本〝国〟の北海〝道〟ですよ」

「つまり……ここはニホンという国の、一都市ホッカイドウという認識でいいのか？」

「まあそうですね」

一体どうやってここまで来たんだ、お前は。

俺は段々と面倒くさくなってきて、早く注文が運ばれて来ないかなと思い始めていた。これがハンサムな外国人でなければ、適当に理由を付けてすぐに距離を置いているところだ。というより、理由なんて告げないでサッサと逃げている。

「この国で、一番偉い奴はどこにいる？」

「永田町の、国会議事堂か首相官邸でしょうね」

「ナガタチョウという都市があるんだな」

「正確には、東京の永田町ですけど」

「トーキョーというのが、この国の王都なのか？」

日本は王国ではないが、その点については触れないことにした。

無限の修正には応じられない。

「そこに、この国で一番偉い奴がいるわけか。国王か？　帝王か？」

「総理大臣ですよ」

選挙で選ばれる帝王とか、もうよくわからんな。

「ソウリダイジン。そうか、なるほど」

ヒースはポテトを齧りながら、頬杖《ほおづえ》をついて何かを考えているようだった。

「うーん！　ポテトも塩っ気が強くて美味です！　とっても美味しいですね、ヒース様！」

「ああ、美味いなマチルダ。なかなか上等な世界だ。フィオレンツァにも食わせてやりたい」

そんな風に話す二人は、恋人というには年齢が離れすぎているし、かといって親子ほど離れているわけでもない。髪の色は違うが、兄妹《きょうだい》か従兄妹《いとこ》といったところか。下手に何か詮索したら、また返しのカウンターで質問責めが始まりそうなので黙っておくことにする。

そんな外国人二人の姿を眺めていると、俺の注文した物が運ばれてきた。俺はその紙包みを手にすると、席を立って軽く会釈する。

「それじゃあ、僕はここで。良い旅を」

「ああ、待てミズキ。君には助けてもらったな。礼がしたい」

「いや、そんなんいいですよ」

「そう言うなよ」

ヒースはハンバーガーを頬張りながら立ち上がると、ブオンッ、と空中にステータス画面を表示させた。あまりにも不意に、さも当然といった具合に。

「……はい?」

呆気《あっけ》に取られて、俺はそんな声を上げる。

この人……冒険者なのか？

「君もステータスを出せよ」

「えっ……いや、どうして？」

「いいからさ。減るもんじゃあないだろう？」

俺は周囲の視線を気にしながら、しぶしぶ自分のステータス画面を表示させる。

周りの視線が、にわかに俺たちへと降り注いだ。隅の席に座っているマスクをした女子高生なんて、食い入るように見つめてくる。ダンジョンが発生してから数年経つとはいえ、ステータス化した冒険者はそれでも珍しい存在なのだ。

ヒースは自分のステータス画面からスキル欄を呼び出すと、リストを操作しながら何かを考えている様子だった。それはまるで、自分のスマホ画面か何かを見せているかのような気軽さだ。

「うーむ。どうしようかな」

その保有スキルのリストは……俺の見間違いでなければ、一画面には収まりきらず、かなり長いことスクロールしないと全部が見られないほど、無数のスキルで溢れかえっている。

「……は？」

思わずそんな声が漏れた。

そのリストの中の、一つのスキルに目が留まる。

＝＝＝＝＝＝＝＝＝＝＝＝＝＝＝

『強奪《スナッチ》』　ランク？　必要レベル？？（固有《ユニーク》スキル）

・『？？？？？』
　？？？？？？？？？？？？？？？？？？？？

・『？？？？？』
　？？？？？？？？？？？？？？？？？？？？

・『？？？？？』
　？？？？？？？？？？？？？？？？？？？？？？？？？

＝＝＝＝＝＝＝＝＝＝＝＝＝＝＝＝＝＝＝＝＝＝＝＝＝＝

流れていくスキル名称の中で、そのスキルだけは赤いタグ付けがされていて、目立ったのだ。その下には、さらに三つのスキルが関連項目として連なっていたように見えたが……その名称までは確認できない。特別なスキルなのだろうか？　一体どんなスキルだ？

「そうだ、これをあげよう。なかなか便利なスキルなんだ」

そう言って、ヒースは自分のステータス画面から、とあるスキルをドラッグ＆ドロップで俺のステータス画面に移動させた。

ピロリン！　という音と共に、俺のスキル欄に『＋1』の表示がされる。

「えっ？　えっ？　いや、いいんですか？」

「いいも何もないさ。僕には要らんから、君にあげるよ」

いやいやいや。

そんな、「このお菓子食べないからあげるよ」みたいなノリで言われても……。スキルなんて、最低価格でも十万円単位で取引されているんだぞ？

「ありがとうな、ミズキ。また会おう。それとよければ、もう一回ニセンエンを貸してくれないかな？」

◆◆◆◆◆◆

結局……。

あのヒースという外国人に一万円を貸してやってから、俺は帰路についていた。

「なんだったんだろうなあ、あの人」

海外の、有名な冒険者なのだろうか……それで、大守市に発生した新ダンジョンの視察にやって来た？　昨日の今日で？　しかしそういうことなら、彼の色々とおかしな言動に、いくらかの辻褄《つじつま》が合うような気もする。

あれだけ膨大なスキルを保有してるってことは、世界的な有名人の可能性すらあるよな。帰ったら、ネットで名前を検索してみよう。というより……あれだけのスキルを持っている人が、この世界に存在したとは。

日本屈指のトップ冒険者として知られているのは、馬屋原《うまやばら》という人物である。テレビで特集が組まれていたのを見たことがあったが……彼だって、保有しているスキルはせいぜい十個かそれくらいのはずだった。それに比べて、彼の保有スキルは優に百を超えていたような気がする。もしかすると俺が知らないだけで、画面の表示方法とかが異なり、一見してそう見えただけなのかもしれないが。

「……ケシー？　さっきから黙りこくって、どうしたんだ？」

「いえ……何でもありませんよ」

「お前が元気ないと、調子が狂うな」

「いやあ、その……」

ケシーは鞄の中からひょっこり頭を出すと、バツが悪そうな顔をした。

「さっきの人、ちょっと怖くて……」

4章 おはこんにちは！　詩のぶチャンネルへようこそ！！

Modern dungeon strategy starting with broken skill

1

ネットで検索しても、あのヒースとかいう男の情報は特に存在しなかった。

同名のハリウッド俳優が居るようだが、残念ながらあの男とは違う。苗字《みようじ》も聞いておけば良かったな、と俺は思った。にしたって、『冒険者　ヒース』とかで検索すれば何か出てきても良さそうなものだが。英語で検索し直しても、結果はほとんど同じだった。

「そういえば、あの人からどんなスキルを貰《もら》ったんですか？」

「おっと。そういや忘れてた」

ケシーに聞かれて、俺はステータス画面を開く。

新規保有スキルを確認すると、『スキルブック』の下に『チップダメージ』というスキルがあった。

「『チップダメージ』？」

「なんか、弱っちそうな名前ですねえ」

「調べてみるか」

ダンジョンＦＸのスキル為替の情報サイトを開き、そのスキルを検索してみることにする。そこに書かれていた概要と取引価格に、俺は目を見開いた。

「『チップダメージ』、ランクＡ……最低取引価格、二十万ドル!?」

「二十万ドルって、いくらくらいなんですか？」

「ザッと二千万円ってことだよ！」

「わあ！　よく考えたら日本円の価値がわからないので、よくわかりませんでした！　でもすごいんですよね!?」

「すごいなんてもんじゃない！　えっ、なになに？　どういうスキルなんだ……？」


＝＝＝＝＝＝＝＝＝＝＝＝＝＝＝＝＝＝＝＝＝＝＝＝

『チップダメージ』　ランクA　必要レベル25
強化系スキル
あなたの全ての攻撃に、追加の攻撃ダメージ1を付与する。
この追加ダメージは無効化されない。

＝＝＝＝＝＝＝＝＝＝＝＝＝＝＝＝＝＝＝＝＝＝＝＝

「えっ？　それだけ……？」

「ズッキーさん、下の方にも色々説明書いてあるじゃないですか。なんて書いてあるんですか？」

日本語が読めないケシーのために、俺は声に出してその文章を読んでやる。

「なに……？　『チップダメージ』。発見当初は過小評価されていたが、ダンジョン下層には装甲持ちゃ物理無効のモンスターが少なくないため、近年急激に価格が吊り上がっている……流通量が少ないため、億で取引されることも……億!?」

他にも長々と説明が書いてあったが、つまりはこういうことだ。

スキルの中には、組み合わせ次第でより大きな効果を発揮する、スキルコンボというものが存在する。このようなコンボは様々な組み合わせが考案されているわけだが、そんな多くのコンボの中心となり得るのが、この追加の確定ダメージを付与する『チップダメージ』らしい。

単体では決定打になり得ないものの、他の強化系スキルと組み合わせることにより爆発的な確定ダメージを実現することができる上……とにかく持っていれば、特殊な耐性持ちのモンスターが相手でも詰むことは無いという使い勝手の良さが評価されている。

元はフランスの著名な冒険者がその有用性に気付いて、ダンジョンの攻略に使い始めたのがきっかけらしい。スキル価格の暴騰や暴落というのは、こういった有名冒険者の動向によって引き起こされることもある。

「でも、必要レベル25か。俺は10台だからなあ」

「『スキルブック』に入れてみれば良いじゃないですか」

「たしかに。本当にレベルを無視して使えるのかも試せるな」

俺は『スキルブック』を発動して、その分厚いカードホルダーを出現させた。

本を持つイメージでやると、その分厚い本はきちんと俺の手の中に収まる形で発現する。最初に床に落ちてしまったのは、この辺りのイメージがきちんとしていなかったからみたいだな。

本を開いてみると、こんなメッセージが現れた。

『カード化していないスキルを一個保有しています。カード化しますか？』

どこまでも親切なユーザビリティになってやがる。おじいちゃんが使っても困らなそうだな。迷わず『はい』を押そうとして、俺はピタリと止まった。

「どうしたんですかー？　早くカード化しちゃいましょうよー」

「いや、これさ。一回カード化したら、元に戻せなくなったりするんじゃないかと思って」

「あー……どうなんでしょうね」

「二千万円をカードにするのは、流石になあ……」

「でもでもー。この『スキルブック』自体、すごい価値のあるスキルですよ？　いざっていう時も、これだけあれば十分じゃないです？」

「そうなんだけどなあ」

ううむ、と俺は唸《うな》った。

「二千万円もあれば……他にも色々とできるからなあ……」

俺は何か書いてあったりしないかと思って、スキルブックをペラペラと捲《めく》ってみる。するとちょうど『火炎』のカードが納められたページが開かれて、俺はあることに気付いた。

「あれ？　なんだこれ」

見てみると、ホルダーに納められた『火炎』のカードに、不思議な模様が刻まれていた。カードの右横に、縦に並ぶ形で刻まれた十個の丸点。その内九個は赤く発光しており、一番上の点だけが黒く塗りつぶされている。

この模様、最初からあったか？

あったかもしれない。でも、こうはなってなかったような……むしろ、こういうデザインかと思っていたのだが。

「あれ？　もしかして」

「どうしました？」

「これって……使用回数の制限があるんじゃないのか!?」

「うーん？　本当だ。つまりＭＡＸで十回発動できて、今は一回分を使用済みっていうことですかね」

「うぅむ……」

この『スキルブック』……強力なスキルであることに違いはないが、色々と仕様が不明な部分が多い。それに『火炎』の発動に回数制限があるのはわかるが、『チップダメージ』みたいな常に効果が発動しているようなスキルだと、一体どういう処理になるんだ？

一回の発動につき、一定時間の効果付与とか……？

こればっかりは、考えただけではわからん。もっと色んなスキルを試す必要がある。そんなことを考えたりケシーと話し合ったりしていると、ピンポン、とチャイムが鳴らされた。

「おっと、誰だろう。ケシー、隠れててくれよ」

「あいあいさー！　ですよー！」

玄関の方へ向かいながら、俺は来訪者が誰かを考えてみる。

会社の人間とか？　宅配便か？

覗《のぞ》き穴から扉の向こう側を見てみると、そこには。

黒髪をボブカットに切りそろえた、高校生くらいの可愛《かわい》らしい女の子が立っていた。その口元には白いマスクを着用して、パーカーの上にリュックを背負っている。

「……は？」

誰だこの娘。部屋を間違えてるんじゃないのか？

その子は若干ソワソワとした様子で、両手を背中の後ろに回していた。何かを持っているのかもしれない。

いったいなんだ……？

そう思って、俺は鍵をガチャンと開ける。その瞬間、俺の頭に嫌な予感がよぎった。

もしかして……ハニートラップだったりしないよな。俺のレアスキルとかケシーのことが、どっかから漏れてて……扉を開いた瞬間に、屈強な男たちが……。

ノブを握った手が止まり、扉を開くのを躊躇《ちゅうちょ》させる。しかし、次の瞬間。

開錠された扉が、向こう側からガチャリと開かれた。

「っづ!?」

や、やっぱり!?　なんか、そういう奴《やつ》か!?

背中に冷や汗が噴出して、俺は思わず仰《の》け反《ぞ》った。

扉が開かれると……。

「どーもー！　詩のぶチャンネルの姫川詩のぶでーす！」

そんな甲高い声を響かせながら、ビデオカメラを手にしたパーカー少女が玄関に突入してきた。

「……は、はぁ？」

2

「あっ。アポなし訪問、失礼します。水樹《みずき》了介《りようすけ》さんですね」

片手に小振りなビデオカメラを握ったその少女は、俺に向かってビデオを回しながらそう言った。

突撃時のハイなテンションとは打って変わり、その口調は常識的かつ落ち着いたものに一瞬で切り替わっている。

「そうだけど……なに？　なにこれ？」

謎の女子高生のテンションの上げ下げに付いて行けず、俺は若干怯《おび》えながらそう聞いた。

「あっ。カメラは回してますけど、後でちゃんとモザイクかけるんで。心配しないでください」

「そうじゃなくてだな」

「……もしかして、顔出しＯＫですか？」

「いや、違う。なんだそれ。詩のぶチャンネルって言ったか？」

「そうです。わたし、YourTuber の姫川詩のぶって言います」

あっ、ちょっと待ってくださいね。

詩のぶと名乗る少女はそう言うと、カメラを自分に向けて、俺と一緒に映るようにした。

「おはこんにちは！　詩のぶチャンネルへようこそー！　今日は、ダンジョン攻略企画第一弾！現役冒険者のおうちにお邪魔しています！　イエイ！」

「…………」

「…………」

数秒無言で待った後で、詩のぶはまた俺にカメラを向ける。

「ということで。オープニング二種と編集点撮ったんで、大丈夫です」

「きみ、なんかテンション全然違うね！」

◆◆◆◆◆◆

「えっ。水樹さんって、冒険者じゃないんですか？」

「違う」

「ええー。マジですか」

素がダウナー系の女子高生に、勝手に期待されて勝手に失望されるのは若干こたえるものがあるな。

「せっかく後を尾《つ》けて来たんですけどね。こんな田舎にも、冒険者っているんだー、って思って」

「それはお前の勘違いだからな。俺のせいじゃない」

居間のテーブルに向かい合って座る詩のぶは、ビデオを止めて「ちぇっ」と舌打ちした。

どうやらこの詩のぶは、今日の昼にハンバーガー屋で俺のことを見かけたらしい。ちょうど、あのヒースという外国人と話していた時だ。それで俺がステータス画面を表示させたのを見て、勝手に職業冒険者だと思い込み、俺の後を尾けて住所を特定してから、家から撮影機材を持ってきたのだと。

「にしても、なんで突然？　取材かなんかのつもりだったのか？」

「ですからわたし、YourTuberやってて」

詩のぶは黒いリュックから十一インチの小ぶりなノートパソコンを取り出すと、それをササッと操作して、画面を俺に見せた。

「詩のぶチャンネルっていうんですけど、これです」

「なるほど。まあ、見せられなくてもわかるよ」

「ちゃんと登録者数も見てください」

「三万人か」

「三万二千四百人です」

「端数はどうでもいいだろ」

はぁ、と詩のぶは溜息《ためいき》をついた。

「これだから大人は駄目ですね。この二千四百人っていうのが、どれくらい大きな数字かもわかろうとしないんですからね」

どうして俺は、勝手に尾行してアポなし訪問を食らわしてきた女子高生に説教を喰《く》らってるんだ？

「いいですか？　YourTubeで三万人も登録者がいれば、サラリーマンの月収くらいは軽く稼げるんですよ」

「わかった、わかった。お前は大した奴だよ」

実際、高校生でそれくらい稼げてるなら大したもんだ。一介の女子高生が、動画サイトを通じて簡単にサラリーマンの月給を稼ぐ時代。凄い世の中になったものである。高校生の頃の俺にそんなことを話しても、到底信じてはもらえないだろう。地球にダンジョンが発生していることも含め。

「それでちょうど昨日、近所にダンジョンができたじゃないですか」

「まあそうだな」

「凄いホットなニュースですよね。だから、あのダンジョンの探索動画が撮れれば、絶対バズると思って」

「それで、職業冒険者っぽい俺に頼もうとしたわけか」

「です」

たしか資格同伴者がいれば、冒険者資格を持たない人でも条件付きでダンジョンに入れるらしいからな。

「動画撮れれば良いなと思ったんですよ。だって新ダンジョンの探索動画なんて絶対数字取れますし、登録者数も伸びますし、ステータス化できれば色々動画撮れますし」

「言ってることと考えてることはわかったよ」

「冒険者資格、取らないんですか？　今ならもう、ステータス化さえしてればかなり緩い感じで取れるって聞きましたけど」

「もう申請中だ」

「マジですか」

ハンバーガー屋に行った後に、俺はすでに市役所とネットで申請書類を提出済みだった。

冒険者資格も昔はかなりの厳しい審査と試験があり、宇宙飛行士のパイロット並みと言われていた時期もあったのだが。現在はダンジョン資源を巡る世界的な競争の中で、市場の活性化のために色々な制度が整えられて、資格の発行も簡便化されていた。

といっても、収入の無い無職や一定額以上の貯金等が無い人には許可が下りないとか、色々な制限はある。それはダンジョンの攻略に人生一発逆転を賭けて、危険な真似《まね》をさせないための審査でもある。まあ、俺はすでに気分は無職でも属性的にはまだ会社員なわけだから。

「いつ、いつ証明書届くんですか？」

「何回か面接とか受けてからだけど、近いうちに届くらしい」

「それじゃあ冒険者になったら、わたしも連れて行ってくれますか？」

「嫌だよ」

「ええー」

詩のぶはそう言って、顔でも「ええーっ」という表情をした。ネガティブな方向には表情が多彩な奴だ。

「なんでですか？」

「協力する理由が無いからな」

「詩のぶチャンネルの準レギュラーにしてあげますよ」

「してもらいたくねえよ」

しかも準かよ。正レギュラーにしてもらっても困るが。

「なんでですか？　人気YourTuberになりたくないんですか？」

「全人類がYourTuberを夢見てると思ったら大間違いだからな」

それに今のところ、俺には秘匿しておかなければならない色々な事情がある。こいつに付きまとわれると面倒だし、変に有名になるなんてもってのほかだ。

……そもそも冒険者資格取るってこと、こいつに言わなきゃ良かったな。俺は軽く後悔した。女子高生と話していて、ややテンションが上がってしまったのかもしれない。俺は孤独な社会人男性の性《さが》を悲しんだ。

「ということで、訪ねて来た事情はわかったよ」

「連れて行ってくれませんか？」

「それは無理だ。親御さんが心配する前に帰りな」

「あっ、待ってください」

詩のぶは付箋にペンでサラサラと何かを書きこむと、それをペタリとテーブルに貼り付けた。

「これ、わたしの電話番号とLaineIDとTmitterアカウントとYourTubeチャンネルです」

「情報量が多すぎる」

「気が変わったら連絡してください」

「変わらねえよ」

3

詩のぶチャンネル　登録者32,438人
『詩のぶが選ぶ、今年のベストバイ10選【だらだら紹介】』
1.5万回視聴・1日前
『【神回】山岳行動でJKがオフ○コに誘われるｗｗｗ』
8万回視聴・3日前
『JKユアチューバーの部屋紹介【親フラ!?】』
1.2万回視聴・5日前
『現役JKユアチューバーの朝のルーティーン』
9万回視聴・1週間前
『コンビニスイーツ、全部食べてみた！【ベストランキング】』

９４７８回視聴・１週間前

大体そんな感じだった。

うん、なんかそれだけだな。正直、特に言うこともないし、文句を付けるつもりもない。こんな感じで頑張っているのだろう。

試しに、一番上の動画を再生してみる。ダンジョンツアー会社の広告が数秒流れた後に、本編が始まった。

『おはこんにちはー！　詩のぶチャンネルへー、ようこそっ！　今日は、詩のぶが買った今年のベストバイを紹介したいと思います！　いやー、今年もね、』

そこで視聴をやめた。

別に面白い面白くないではなく、彼女に対する興味関心が純粋に薄すぎるだけだ。

まあ、そういうものなんだろう。というか、この時期に年間ベストバイを発表してどうするんだ？　なんか、こういう動画を撮りたかっただけなのでは？

「さてと。ケシー、俺ちょっと冒険者資格の面接行ってくるから」

「おっすでーす！」

テーブルの上でテレビを見ているウチの妖精が、俺に顔は向けずに手だけを振ってそう返した。

ケシーは相変わらず、テレビに夢中になっている。小さな醬油《しょうゆ》皿の上に砕いたカントリーバームを置いて、俺が録画していたバラエティ番組の特番を見てケタケタ笑っていた。松山人志が出ている番組が特にお気に入りらしい。

「そんなかからないと思うけど、人に見つからないようにしろよ」

「大丈夫ですよーだ！　あーっ！　外に出るんでしたらー！　ビデオ屋で『笑っちゃったらいけない』シリーズ全巻借りて来てくれませんかー!?」

「お前、この世界に順応しすぎだろ。物質世界の虜《とりこ》になりすぎだろ」

◆◆◆◆◆

必要な書類を入れた革鞄《かばん》を手にして、外へ出る。

田舎都市とはいっても、俺が借りたアパートの周辺は、店や役所などがいくらか纏《まと》まっている地帯だった。しかし何故だか、冒険者資格の面接はここから離れた別の会場で受け付けているようで、歩いて向かうには遠すぎる。

マップで場所を確認して、驚愕《きょうがく》したものだ。この大守市《おおもりし》は人口こそ少ないものの、その面積は思っていたよりもずっと広い。そのせいか、東京では考えられないほど住宅地や市街が拡散しており、その隔絶された距離感は原子核の周囲を回る電子を思わせた。

北海道の都市は、どこもこうなのだろうか？　デカすぎるというのも考えものだ。

駐車場に駐《と》めている愛車に向かって歩いていくと、車の隣に、見覚えのある女の子がスマホを弄《いじ》りながら立っているのが見えた。

げっ、と心の中で声が漏れる。

昨日の……というかさっき動画で見た、詩のぶじゃねえか。

彼女は俺が下りて来たことに気付くと、スマホを弄ったままで俺のことを待ち構える。

「おや。奇遇ですね、水樹さん」

「これが奇遇だとしたら、お前の日常生活はどうなってるんだ」

アプリを終了するような仕草をして、詩のぶはパーカーのポケットにスマホを仕舞い込んだ。

「なんだ、もしかしてずっと待ってたのか？」

「そんなわけないじゃないですか。たまたま通りかかって、ちょっと待ってたら来たりしないかなー、と思っただけですよ」

詩のぶはそう言って、コンビニのレジ袋を持ち上げてみせた。

しかしそんな、偶然を装って片思いの子を出待ちする初心《うぶ》な高校生みたいなこと言われてもな。

いや、みたいというよりは、こいつは実際に高校生だったか。良いなあ。在りし日の青春時代を思い出して、不意にセンチな感情がよぎる。

「何の用だ？」

「あれから調べてみたんですけど、やっぱり大守市って職業冒険者居ないらしいです。当たり前ですけど」

「職業冒険者が、わざわざダンジョンの無い都市に住む理由は無いだろうからな」

「ですから。やっぱり水樹さんしか居ないわけですよ」

はぁ、と俺は溜息をついた。こいつ、まだ諦めてなかったのか。

「学校はどうした？」

「あんまり行ってないんです。YourTube で稼げてるんで」

「よくねえ考え方だぞ」

「一緒にダンジョンに連れて行ってくれたら、通ってあげてもいいですよ」

「あんまり大人と社会を舐《な》めるな」

俺は彼女を無視することに決めた。

ドアを開けて車に乗り込むと、閉じようとしたドアに肘鉄を入れて、詩のぶが割り込んでくる。

「あのですねー。インタビュー動画だけでも撮らせてもらえませんか？　ステータス化した経緯とか、ダンジョンのお話とか。顔と名前は隠しますから」

「インタビューされるようなことはしてねえよ」

いや、嘘《うそ》だ。

たぶん俺は、世界中のダンジョン研究者が喉から手が出るほど欲しいであろう情報を、いくらか持ってしまっている。もし打ち明けるのであれば、相応のギャラとセキュリティとプライバシーの保全を、ＣＩＡレベルで完璧にしてもらいたい。

「ドアから手を放して、大人しく家に帰って、そして学校に行け」

「それじゃあ、家まで送って行ってもらえませんか？」

「歩け。俺は未成年を車に乗せて、何らかの罪で書類送検されたくない」

「大人のくせに、ケチのビビりなんですね」

詩のぶはそう言うと、ドアから身体《からだ》を離してパーカーのポケットに両手を突っ込み、背中を見せてスタスタと去って行った。

俺の周囲に現れる女性というのは、どうしてこうも口が悪いんだ。

4

大守市役所環境部関係施設地区会館、桜台地区会館。

正式名称が長すぎるこの建物で、大守市に突如として発生したダンジョンの各種受付を行っているようだった。

冒険者資格の申請に必要な各種書類に、他さまざまな手続き。おそらく大多数の日本人がそうであるように、俺はこういう役所の手続きというのが大嫌いだ。別に俺は公務員批判をしたいわけではない。つまり俺は役所自体が嫌いなのではなく、役所で手続きをするという行為自体が嫌い……というよりは、できるだけ避けたい性質《たち》なのだ。わかるだろうか、この気持ち？　役所にウキウキで出向く奴がこの世にいるか?……いるかもしれないよな。いたら失礼。

しかしこの冒険者資格ばっかりは、早急かつ確実に取得しておかなくてはならない。俺が手にした『スキルブック』なる依然詳細不明のレアスキル。こいつはおそらく、凄《すさ》まじい価値のあるスキルであり、降って湧いてきた新時代の資産だ。まさに棚から牡丹餅《ぼたもち》、ドラゴンからレアスキルである。

　こいつを本当に売却するかどうかはともかくとして、というより売却すると決めたとしても、ひとまずは使い方や性能を把握しておく必要がある。そのためには冒険者資格を取得し、正式な冒険者としてダンジョンに潜り、実地試験を繰り返してみるのが一番だし、おそらく……それ以外の有効な方法というのは、少ないか存在しないだろう。

　つまりいくら面倒だろうと、こいつは避けては通れない、リターンの多すぎる手続きだ。

　資格面接の内容は、大体こんな感じだった。

「いつからステータス化しましたか？」

「一昨日です」

「一昨日？」

「あの日にちょうど、ここ大守支店に転勤してきたんですよ」

「ああ、なるほどね。職業は……あそこの、小和証券なんだ。預金通帳も見せてもらえる？」

　マニュアル通りの……というよりは、紙面に印刷した冒険者資格の面接マニュアルと思《おぼ》しき束を手元に置きながら、市役所の職員と思われる中年男性は手続きを進めていた。マニュアルを確認しながら進めるマニュアル通りの面接だった。

　俺が手渡した預金通帳を眺めると、彼は鼻にかけていた眼鏡を外して、それをまじまじと眺める。

「証券マンってのは、たくさん貰えるもんなんだねえ」

「パワハラが日常の激務でしたけどね」

「でした？」

「いいえ、なんでも」

◆◆◆◆◆◆

その後にケシーから頼まれたＤＶＤを借りて、スマホをソフトバントのキャリアに乗り換えてから、自宅に戻る。

冒険者資格の発行手続きはこの一回で終わらず、どうやら何度か面接や手続きに行かなければならないらしい。しかも、説明になかった書類が急遽《きゅうきょ》必要だときたもんだから参った。まあ大守市の役所も、とつぜんダンジョンが発生して絶賛大混乱中なのだろう。各地域の公務員は、ダンジョン関連の新しい仕事に忙殺され、悲鳴を上げていると聞く。

スーパーで一週間分の食材と酒を買ってから、我が新居であるアパートまで戻ると……。

…………居た。

なんとなくそんな気はしていたが、やはり居た。

駐車場でビデオカメラを回しながら、女子高生 YourTuber 姫川詩のぶは、おそらく配信用と思われる服とマスクを被《かぶ》って俺のことを待ち構えていた。

何らかの理由で女子高生に付き纏われるというのは、映画や漫画では定番の心のトキメく状況ではあるのだろうが。

実際にやられると普通に怖い。

ただただ怖い。顔が良いとか関係なく怖い。

俺はストーカー被害に遭う女性の不安な心象や、パパラッチに追われる有名人が常に抱えるストレスの一部がわかったような気がした。毎日こんなストレスに晒《さら》されていたら、薬物に救いを求めてしまってもおかしくはない。

俺が車から降りずにいると、ビデオを回した詩のぶがコンコンと窓をノックしてくる。スイッチでドアガラスを下ろすと、俺は右肘を外へと突き出した。

「あのなあ、詩のぶ。お前、普通に怖いぞ」

「三顧の礼って知ってます？　織田信長《おだのぶなが》が豊臣秀吉《とよとみひでよし》を雇うために、三回会いに行ったたっていう話ですよ」

「少なくとも、お前が本当に学校に行ってないことはわかったよ」

それにその故事は、正確には目上の奴が格下の人を訪ねるときに使うものだ。

「どうにかなりませんか？　なんなら、ちょっとエッチな自撮りとか送ってあげますけど」

「人を積極的に犯罪者にしようとしないでくれ」

俺は溜息を吐き出した。

「放っておいても、待ってれば……職業冒険者なんて、ここにわんさか来るだろ。新しいダンジョンができたんだからな。そいつらに頼んだらどうだ」

「動画は鮮度が大事なんですよ」

「急いては事を仕損ずるって言葉もある」

「ネット社会には通用しない、化石みたいな言葉ですね」

「大体、どうしてそんなに必死になる？　動画のネタなんて、いつもやってる感じじゃダメなのか？」

「動画、見てくれたんですね」

「そりゃあな」

何となく、詩のぶは嬉《うれ》しそうな雰囲気を醸し出した。

「わたし、YourTubeに懸けてるんですよ。絶対成功します。今が大チャンスなんです。このダンジョン探索動画でおっきくバズれば、すぐに有名YourTuberになれるかも」

「お前の夢や将来設計にケチを付けるつもりはないが、そんなに焦る必要も無いと思うね」

俺は彼女の目をちゃんと見据えて、諭すようにそう言った。長いまつ毛をしてやがるもんだ。二《ふた》重瞼《えまぶた》の眼もアイドルみたいに大きくて、ハッキリしている。

「俺にはよくわからんが、今でも十分成功してるんだろ？　このまま継続して、ちゃんと高校も卒業して、大学に行くかどうかはわからんが……それから本腰を据えればいい」

「学校なんて、馬鹿ばっかりですから」

「どこでも似たようなもんだ」

軽口のつもりでそう返すと、一瞬だけ、詩のぶの表情に影が差した感じがあった。もしかすると、学校で色々あった奴なのかもしれない。

「……どうしても駄目ですか？」

「ま、これで諦めてくれ。もし何かあったら、相談くらいは乗ってやるから。もう尾け回すような真似はよせよ」

「………」

なんだか不意に、交渉が落ち着くところに落ち着いた雰囲気があった。

買い物袋を摑《つか》むと、俺は車から出て、ドアをバタンと閉める。

「…………」

ビデオカメラをぶらりと垂らして立ち尽くしたまま、詩のぶは表情には出さないまでも、むすっとした様子だった。別に放っておいても構わなかったのだが、何となく嫌なので、一応は聞いておく。

「どうした、お前。黙りこくって」

「……おっかしいですね」

詩のぶはブツブツと、誰にともなく、そんなことを呟《つぶや》き出す。

「……わたしって、結構可愛いですよね。生配信すれば、投げ銭とかも結構貰えるんですけどね」

「まあ、好きなやつは好きなんじゃないのか？　ファンを大事にしろよ」

「……大人なんて、わたしみたいなＪＫに迫られたらイチコロだと思うんですけどね」

「どんな大人もイチコロなのは、警察と税務署だけだ」

「おっかしいですね……おかしいですよ、水樹さん。わたしがこんなに言ってるのに？　なんで認めてくれないんですか？」

……なんか、様子おかしいなこいつ。面倒なことになる前に、サッサと部屋まで戻るべきだろうか。

そんな危険信号が脳裏をよぎった瞬間、詩のぶは片手を首元まで上げて、ビーッとパーカーのチャックを下ろした。前が開かれたパーカーの下には……何も着けていない。

シャツとかそういうレベルじゃなくて、下着すらも着けていない。

裸にパーカーの状態だった。

首元からへそまで、詩のぶの白い肌が露《あら》わになる。パーカーの布地が彼女の両胸にひっかかり、大事な部分までは飛び出さなかったが、その胸と胸の間の領域が完全に露出されている。無駄な贅《ぜい》肉《にく》の付いていない、スレンダーで発達途上な体型。

それを見た俺は、社会的な防衛本能により、持っていた荷物を全てその場に放り投げ、ダッシュでアパートの階段まで逃げた。これは原始時代の人類には存在しなかった、未成年を保護する社会と法制度が育んだ逃走本能だ。

「な、なにやってんだぁっ!? お前っ！ 正気かぁ!?」

「あなたが、お、おっかしいんですよ！ 美少女ＪＫにこれだけされても、欲情の一つもしないんですかぁ!? インポ野郎なんですかぁ!? これだけやっても感情動きませんかぁ!?」

「やり方が間違ってるんだ！ 学校に行け！ その腐った性根叩《たた》き直してもらえ！」

「こ、このぉっ！ の、呪ってやりますから！ 一生女の人と縁なくなれ！ 恋愛運全滅しろ！ 手相の結婚線全部消えろー！」

「うるせえわ、この痴女野郎！　俺を巻き込むな！　YourTubeに帰れ！　好きなことで生きていけ！」

「い、いーですよ！　もう二度と頼むもんですか！　将来の国民的YourTuberを無下にしたこと、後悔したって遅いですからね！　自分一人でやってやりますね！　この性欲不全！　色々不全になれ！　人生のモテ期バグで無くなれ！　モテなすぎて社会生活に支障をきたせーっ！」

そんな呪詛《じゅそ》の叫び声を聞きながらアパートの階段を駆け上がり、部屋の鍵をガチャガチャと回して部屋に戻る。靴を脱ぎ、疲れ果てながら居間に入ると、相変わらずテレビを見ていた様子のケシーが振り返った。

「おやおやー？　おかえりなさいですよー」

「あ、ああ……ただいま」

「ＤＶＤ、借りて来てくれました？」

「ああ……借りて来た」

そこで俺は、レンタルＤＶＤを車に忘れてきたことに気付いた。

「あとで持ってくるよ」

「本当ですかー！　ありがとうございますー！　『絶対に笑っちゃったら駄目な冒険者養成所』、めっちゃ見たいんですよー！　ねえねえズッキーさん、クッキー食べながら一緒に見ましょ？」

そんな風に喜ぶケシーを見ながら、俺はなんだか、無性に泣きたい気分になった。

「……お前は常に尻乳丸出しの全裸なのに、あのストーカー痴女に比べればなんて良い奴なんだ

「……」

「……えっ？　なんで急に、死ぬほど微妙な褒められ方されるの？　えっ？」

5章 不正な操作です。カードをホルダーに再装填し、もう一度やり直してください

Modern dungeon strategy starting with broken skill

1

それからいくらか経過して、俺の下には『冒険者資格』の証明書とその証明カードが交付された。証明カードはクレカくらいの大きさと厚みで、免許証のような作りになっている。といっても、運転免許証のような野暮ったさは無い。むしろ顔写真が付いたクレジットカードのようなデザインで、なかなかに所有欲を満たしてくれる。名前は忘れたけど、たしか有名なデザイナーが関わったんだ。

うむ、良い。

財布の中に仕舞い込むのが惜しいくらいだった。そんな風に冒険者資格の証明カードをまじまじと眺めていると、ケシーがヒラヒラと飛んでくる。

「ズッキーさんズッキーさん」

「なんだ?」

「資格は取れましたけどー、これからどうするんですかー?」

「まずは、あのドラゴンに電池を渡しにいかないと駄目だろ」

「えっ。マジで渡しに行くんですか？」

手のひらサイズの妖精は、ゲッという顔をする。

「ぶっちゃけ私、もう会いたくないですよー」

「約束しちまったんだからさ、しゃあないだろ。レアスキルも貰《もら》ったんだし」

居間の棚の上には、あのドラゴンに渡すための電池がドッサリと置かれていた。

長寿らしいドラゴンのためとはいえ、流石《さすが》に買いすぎたなと俺は思う。あれを使い切る頃にはタイムレコーダーの方が故障しているだろうし、とてもじゃないが一回では持っていけない。

何か、そういう運搬系の便利なスキルがあると良いんだが。というより、そんなにたくさん渡す必要もないのか。

「あとは……結局さ、お前をどうするかなんだよな」

「あー。まあ、そうですよねー」

「お前だって、元の世界に戻りたいだろ？」

「そりゃそうですけどー。私はもう、半分諦めてますけどねー」

「お前が諦めてどうするんだよ。あのドラゴンにでも聞けば、何か知ってるかもしれないし。もう一回会ってみようぜ」

うぅむ……と腕を組んで難しい顔をしてみせるケシーは、ふと思いついたように顔を上げた。

「それで、ズッキーさんは？」

「ん？　なにが？」

「ズッキーさんは、これからどうするんです？　仕事も辞めちゃったじゃないですか」

「それは、将来設計的な意味でか？」

「ですです」

「ええと……俺はもうちょっとこのスキルとか冒険者とかを調べてみてから、安全に取引ができるタイミングで全部売り払って、その金を元手にトレーダーにでも転身しようかと思ってるよ」

まとまった金が入ったら、やらなきゃいけないこともあるしな。

「もったいないと思いますけどねー」

「まあそう言うなよ。とにかく、色々と準備したり勉強してから、もう一回あのダンジョンに潜ってみようぜ」

ケシーにそう言ってから、俺はパソコンを立ち上げる。

窓を見てみると、もうすっかり外は暗く、夜闇が大守市《おおもり》に舞い降りていた。今日はもう、冒険者の情報でも集めながら酒でも飲んで、ケシーと一緒に『笑っちゃったらいけない』シリーズでも見て終わりだな。

そこでふと、テーブルの上に貼られたままの付箋が目に留まった。あの女子高生YourTuber、詩のぶが残していった個人情報の塊だ。

「そういえばあいつ、あれからどうしてるのかな」

最後に派手な喧嘩《けんか》（？）別れをしてから、詩のぶは俺の前に姿を見せなくなっていた。

自分でどうにかするとか言っていたが、変な暴走をしてないといいけどな。

何となく気になった俺は、YourTubeを開いて、彼女のチャンネルを検索してみる。たしか、そのまんま『詩のぶチャンネル』だったはずだな。検索窓にそう打ち込むと、以前に見せてもらった通りのホーム画面が現れた。

「おや？」

俺はそんな声を上げた。

チャンネルの登録者数を見てみると、四万人を超えている。以前は三万人ちょっとだったはずだから、あれからまたずいぶんと増えたらしい。

三万人でサラリーマンの月収くらいは稼げると言っていたが……四万人にもなると、ひと月に何十万ということになるのだろうか。広告収入の世界はよくわからんが、いずれにしても大した奴《やつ》だ。性格にやや難があるにせよ、あの行動力と気概があれば、大人になっても色々とやっていけるだろう。これからは、むしろああいう奴の方が人生豊かになる時代なのかもしれない。

ホーム画面の一番上には、配信中の生放送が貼り付けられている。

そのタイトルを見て、俺は自分の目を疑った。

「は？」

指がなかば反射的に動いて、即座にその生放送がクリックされる。画面が切り替わると、YourTubeの大きな再生画面が表示された。

手振れがひどい配信画面には、マスクを付けて興奮した様子の、詩のぶの姿が映っている。

『ど、どうも！　い、今ですね！　ダンジョンに！　ダンジョンに、潜っています！』

震える声色で、画面の向こうの詩のぶがそう言った。

生放送タイトル……『ＪＫが新ダンジョンに潜入してみた！　生放送中！』。

『だ、大丈夫です！　大丈夫！　あの、許可は、撮影の許可は取っていますので！　あ、ああ！

投げ銭、投げ銭ありがとうございます！』

彼女は暗い洞穴に居るようで、撮影用のライトの明かりが背後の岩肌を照らしていた。

「ズッキーさん、これって……」

「あ、ああ……」

生放送のチャット画面が、高速で流れている。

¥1,300　¥2,000　¥500
20:03　**mitimaru**　高校生に撮影許可下りるわけなくて草
20:03　**まちこ**　これ普通に犯罪じゃないですか？
20:03　**ナナシ**　垢《アカ》ＢＡＮ待ったなし
20:04　**one fully**　このあと亡くなったんだよね…
20:04　**伊藤真**　許可取ってるって言ってんだから取ってるんでしょ
20:04　**エビ大好き**　は？　可愛《かわい》い…
20:04　**登録者1人につき日本列島を1㎝ずつ動かすオリエンタルテレビ**　頑張って！
20:04　**shibaNeko**　信者が擁護してて草

20:04　登録者100万人チャレンジ　無許可っぽくない？

「無許可だな」

そう言ったのは、つい先日に無許可無資格でダンジョンに入って死にかけた俺である。前科一犯が言うのだから、その説得力たるやというところであろう。

撮影許可云々《うんぬん》の前に、そもそも資格同伴者が居ないと無資格者はダンジョンには入れない。例外的にその制限が解除されるのは、人命救助等によりダンジョン内に立ち入らなければならない、考慮すべき事情がある場合のみ。

一介のYourTuberの生放送のために、高校生がダンジョンへと単身で入ることが許される事情というのは存在しないだろう。

「うわー！　なんかよくわからないですけど、やっちゃった感じですかね!?」

「やっちまってるな……」

あの馬鹿……。俺は頭を抱えながら、そう呟《つぶや》いた。

『だ、大丈夫です！　まだ、全然入り口ですので！　い、いやあ！　ダンジョンの中って、やっぱり緊張しますねえ！』

ダンジョンの中を映すカメラの映像は、手振れで小刻みに震えている。

『お、おおー！　投げ銭ありがとうございます！　あ、大丈夫です！　まだ、ここは電波が通ってるみたいなので！　ちょっと、もうちょっとだけ！　奥の方に進んでみたいと思いますよ！』

おいおい、待て待て。それくらいにしておけ。まだ戻れるのにそれ以上進んだら、俺以上の馬鹿だぞ。そんな風に考えている間にも、生配信の映像は少しずつ先に進んでいく。

『ん、ん？　無許可？　犯罪放送？　な、なんか、うるさいアンチがいますね！』

配信しながらコメントを追っている詩のぶは、脳内でアドレナリンがドバドバと出ているのか、極度の興奮状態に陥っているように見える。

『え、炎上確定？　じょ、じょーとーですよ！　アンチは養分ってことをお忘れなく！　通報？　勝手にすればいいじゃないですか！　炎上したって、かえって知名度が上がるだけですから！』

詩のぶは興奮した様子で、アンチコメに煽《あお》り返していた。

頭に血が上っており、興奮状態で、周囲が全く見えていない。震える足で少しずつダンジョンの奥へと進みながら、彼女は配信のコメントを読むのに必死になっている。

左右に道が分かれた場所まで辿《たど》り着くと、そこは電波がほとんど届いていないようだった。配信の映像には大きなノイズが混じり始め、音ズレも激しくなっている。

『え、えー＃＃と！　どっ＃＃＃ちに進み＃＃＃ますか＃＃＃ね！　投票で＃決め＃＃＃え？　ノイ＃＃ズが？　電波＃＃＃悪＃＃＃い？』

配信の不調に気付き始めた詩のぶは、目の前の分かれ道に背を向けて、映像の中に自分と分かれ道とが一緒に映るように配慮しながら、コメントを必死で追っているようだった。

そして、その彼女の背後。分かれ道の闇の中で、不意に何かが動くのが見える。

『あ＃＃＃ほとんど聞こえ＃＃＃ないで＃＃すか？　＃＃＃なに？　＃＃後ろー＃＃＃て！　＃＃＃そん

『＃＃＃な定番の＃＃＃ネタに引っかかり＃＃＃＃せんから！　＃＃あはは＃＃＃』

ノイズだらけの音声の中で、詩のぶの笑い声が響いた。

すると、突然。暗闇の中から、カメラに向かって何かが飛び出す。

『きゃぁ＃＃＃あ＃＃＃っ＃＃＃!?』

カメラがその場にガチャガチャと転がって、状況が一瞬わからなくなる。

ノイズの混じった低い音質で、甲高くも醜い鳴き声が響いた。

『ゴ＃＃ブ！　＃＃＃ゴブゥ＃＃＃！』

『ゴ＃＃＃ゴブ！　＃＃＃ゴゴ＃＃ゴゴブ＃＃＃ブ！』

『あ＃＃＃あぁっ＃＃＃！　＃＃たすけ＃＃＃いやっ＃＃＃！　＃＃＃助＃けてっ＃＃＃＃！』

ノイズの中で、取っ組み合うような激しい音が響く。

地面に転がったらしきカメラは、その一部始終を捉えていた。音飛びとノイズの嵐の中で、地面に倒された詩のぶが、背の低い緑肌の人影に組み伏せられている。その人影は三人ほどのようで、一人が彼女の足を摑《つか》むと、もう二人が彼女の手と首に手をかけた。

『助け＃＃＃！　＃＃＃きゃあ＃＃ぁっ＃＃＃あっ＃誰＃＃誰か＃＃＃あ！　＃＃＃やめて＃＃＃い＃＃や＃！』

彼女が転がるカメラに必死で手を伸ばすと、そのまま電波が切れたようで、配信が途切れる。

生放送のチャット欄は、さらに過熱していた。

¥20,000　¥5,000　¥1,500　¥1,000

20:06　**ジベター**　炎上配信かと思ったらフェイク配信だった
20:06　**黒子のテニス**　めっちゃよく出来てる。登録した
20:06　**登録者1人につき日本列島を1㎝ずつ動かすオリエンタルテレビ**　えっ!?
20:06　**MAGIC NIGHT**　いや、作り物じゃなくない？
20:06　**俺♡お前**　これマジ？
20:06　**ケンヂ**　ちょくちょくマジだと思ってる奴がいて草
20:06　**動画無しで100万人を目指すチャンネル**　本当にヤバイ奴じゃないの？
20:07　**伊藤真**　通報した方よくない
20:07　**悲しTH**　本物だと思ってる奴ほんとに馬鹿だな。
20:07　**Atsumi Youichi**　フェイク動画うんぬんと言っている人たちがいますが、これはおそらく本物です。通報した方が良いです。フェイクだと決めつけている方は、何を根拠にしてそのように言えるんですか？
20:07　**穴吸**　長文臭すぎ

俺はパソコンの前で立ち上がると、掛けていたジャケットをひっかけて、飛び出すように外へと駆け出した。

「おいおい！　これは本当にヤバいぞ！」

「ま、間に合いますかね!?　ズッキーさん！」

「間に合わせるんだよ！」

2

「配信の方はどうなってる!?」

愛車のセラシオを走らせながら、俺はそう聞いた。

車載ホルダーに置かれたスマホを監視してくれているケシーは、俺の声量に負けじと、小さな身体《からだ》で叫び返す。

「駄目です！　全然繋《つな》がりません！　奥の方に連れて行かれてるみたいです！」

「くそっ！」

パトカーに見つかったら一発で止められること間違いなしの速度で交差点に入りながら、俺は悪態をついた。ブレーキを踏み込み、通行の無い道路でドリフト気味に車線へと復帰していると、ケシーがまた叫ぶ。

「あっ、あっ!?　待ってください！　配信が再開しましたよ!?」

「本当にか！　あいつ、上手《うま》いこと逃げられたのか!?」

「いえ！　まだ引きずられてるっぽいです！」

「なにぃ？」

ハンドルを操作しながら、俺は思わずそう聞き返した。

「それじゃあ、入り口に向かって引きずられてるのか？」

「そんなわけないじゃないですかぁ」

「なら、どうして電波が戻ってる？」

ダンジョンも普通の洞穴と同じく、入り口付近はかろうじて電波が通じるものの、奥へと入ればすぐに圏外になる。ダンジョンの中には基地局なんてあるはずもないのだから、当たり前だが。

しかし、生配信が再開されているということは……少なくとも、何らかの理由で電波が通っているということなのだが？　一体どうして？

「し、知りませんよー！　というか、デンパデンパって何のことなんですかー!?」

「ああもう！　考えたって仕方ねえな！　いずれにしたって好都合だ！　どこに向かって引きずられてるのか見ててくれ！」

「あいあいさー！　ですよ！」

「上手くやってくれたら、『木曜のダウソタウン』のＤＶＤボックス買ってやるからな！」

「やったあー！」

◆◆◆◆◆◆

発生したばかりの大守市ダンジョンの周囲には、一般人が立ち入らないための即席の柵が設けられていた。これから工事が開始されると、ダンジョンの入り口は建物で囲まれ、専用の受付を通ってのみ内部の探索が許されることになる。

大守市にとってダンジョンの発生は寝耳に水の事態であったわけだが、同時に喜ばしいアクシデントであったに違いない。ダンジョンの発生により観光客が増え、周辺の経済が活発化し、さらには各種の助成金や予算が組まれることになるのだから。

しかしそれでも突発的な事態であることには変わりないので、突貫工事の柵で囲まれたダンジョンには、警備員が付いているものの……。

「ぐぅ……くかぁ……」

市の職員なのか臨時で雇われたアルバイトなのかはわからないが、見張りのために付いていた警備員は、狭いプレハブの詰所の中で頬杖《ほおづえ》を突いて寝入っていた。

彼をスルーして入り口に向かうと、そこにはさらに鉄柵が設けられている。

鉄柵自体は隙間の狭いきちんとした物であるのだが、その上の方には少しの隙間が空いている。

柵によじ登って、あの隙間から入ったわけだな。

「要らん根性を発揮しやがって……！」

俺は腰に懐中電灯を差して柵をよじ登ると、上に僅かに空いた隙間に身体をねじ込むようにして、ダンジョンの中へと侵入する。狭い隙間へと滑り込む際に、柵とダンジョンの天井の間に腰元が引っかかり、骨盤周辺の皮膚が削られた感じがあった。

「いってぇ！」

しかしそれでも、いくらかの皮膚を犠牲にして、俺の身体は柵の向こう側へと放り出される。もうちょっと、ちゃんと封鎖しろ！

柵の向こう側で立ち上がると、俺は即座に懐中電灯を構えて、洞窟の中を小走りで駆けだした。

「『スキルブック』！」

走りながら発動させると、本の発現と共にピコン！　という通知音が鳴った。

『カード化していないスキルを1個保有しています。カード化しますか？』

この通知、毎回出るのか!?

「ええと、『いいえ』だ！　ケシー！　どっちに進めばいい!?」

「えーと、えーと！　うぉぉおー！」

俺の隣を飛んでいるケシーは、スマホを持ち上げて配信を確認してくれている。

めちゃくちゃ重いようで、顔が真っ赤になっているが。しかし流石は、超薄型軽量が売り文句だっただけはある！　妖精でも持てる！って広告打っても良さそうだ！

「そこ右です！　たぶん！」

「たぶんじゃ困るんだぞ！」

「私だって、レーダーを頼りに頑張ってるんですよー！　あー！　またデンパ？　が悪くなったみたいです！　途切れちゃいました！」

ケシーの誘導に従って走りながら、俺はカードホルダーからすぐに『火炎』の魔法カードを抜けるように指をかけていた。詩のぶがやられたみたいに、闇の中で待ち伏せされて突然に襲われたら困る。凶暴な洞窟性生物《モンスター》との、スキルも魔法も関係なしの肉弾戦は御免こうむりたい。

「あっ！　また映像が見れるようになりました！　もうすぐ！　そこの角を曲がったところですよー！」

「え？　ということは……」

この道……ケシーと最初に会った時の、串焼き塩味未遂の空間に繋がってるところじゃないのか？

「配信はまだ続いてるんだな!?」

「はい！　あーもうやばい！　やばいです！　18禁！　もう18禁になっちゃいますからー！　ヤバイ映像が始まっちゃいますよー!!」

「ケシー！　スマホと一緒に俺のポケットに隠れてくれ！」

「あいあいさーでーす！」

ジーンズのポケットにスマホとケシーに入ってもらうと、俺はその先へと突撃しようとして、肝心なことに気が付いた。

俺……顔隠してないじゃん。

ヤバい、マスクくらいしてくれば良かった。

大事なことは、いつだって後から気が付くものだ。

◆◆◆◆◆◆

「やめて！　嫌だ！　やだぁっ！」

その空間には、詩のぶの悲鳴が響き渡っている。

岩肌に囲まれて開けた空間の中央付近には、服をビリビリに引き裂かれて半裸に剝《む》かれている詩のぶと、その肌色の身体に群がって彼女を地面に押さえつける三体のゴブリンが居た。

あの時の奴ら……まさか、再戦することになるとはね。

裸にひん剝いた詩のぶを組み伏せて興奮しきっている様子のゴブリンは、俺の登場には全くもって気付いていない様子だ。緑色の体色をした彼らは、詩のぶの細い手足を力任せに押さえつけて、今まさに腰を乱暴に使おうとしている。弱肉強食のダンジョンの中へと愚かにも足を踏み入れた、胸と尻の大きな生娘を貪り尽くそうとしているのだ。

待て待て。興奮するのはわかるが、もう止まってくれ。

それ以上はマジでヤバイから。YourTube の規約的にも何もかも、色々とアウトだから。その生放送が許されるのは、登録した瞬間に数十万円の請求が送られてくるような、海外のヤバイエロ動画サイトだけだから。

「おい！　おーい！　お前ら！」

俺がそう叫ぶと、ちょうど事をおっぱじめようとしていた様子のゴブリンが、ビクリとした様子で一斉に振り向いた。ゴブリンたちは彼女から手を放すと、床に置いていた槍《やり》や、刃こぼれした雑な石の剣を握る。

「ゴブ!?　ゴブ！」

いなかったからか！

「ズッキーさん！　また来ます！」

ポケットの中から、ケシーの声が響く。

今度は分厚い槌《つち》のような剣を握ったゴブリンが、俺に向かって突撃してきた。

その刹那、俺の頭にふと疑問がよぎる。

指向性を付けられたのは良いとして……何がトリガーになったんだ？

スキル名を叫んだから？

カードを突き付けたから？

それとも、俺の意思で？

「ズッキーさーん！」

ケシーの叫び声が再び聞こえて、俺は思考を遮断した。

ええい！　試している暇はない！　もう一度、全部やってしまえ！

剣を振りかざして襲い掛かるゴブリンに向けて、俺は抜いたままのカードを再び突き付けてそう叫んだ。

「『火炎』！」

しかし、何も起こらない。

「えっ？」

ビーッ！　という警告音が鳴って、俺の目の前に赤い文字が現れる。

『不正な操作です。カードをホルダーに再装填し、もう一度やり直してください』

あっ!?　そういう仕組み!?

「ゴブゥ！」

「うぉあっ！」

俺は背後に思いきり仰《の》け反《ぞ》って、上から叩《たた》きつけるようなゴブリンの剣刃を躱《かわ》し、そのまま地面に転がった。

「ぐぁあっ！　クソッ!?」

俺は仰向《あおむ》けに倒れて肘を地面に突きながら、閉じてしまったスキルブックを開き直す。

この『スキルブック』！

カードを一度発動したらホルダーに入れ直して、もう一度抜かないといけないのか！

クソッ！　少し考えたらわかりそうな仕組みなのに！　というか、前にそんなことを考えたことはあったのに！　頭が回ってねえ！

ホルダーに『火炎』のカードを入れ直そうとするが、手が震えて上手く入ってくれない。カードの縁をガチガチと引っかけながら無理やりねじ込もうとすると、より一層焦ってしまい、手の震えがひどくなる。

「くそっ！　入れって！」

俺がもたついている間に、剣のゴブリンが追撃を仕掛けるべく襲い掛かって来た。

「ゴブゥ！」

や、ヤバイ！

絶対に間に合わねえ！

3

俺の身体を叩き潰すため、振り上げられる鈍器じみた石の剣。

濃い緑色をしたゴブリンの肌色。

感覚が研ぎ澄まされ、一瞬の光景がひどくスローに感じられる。

「うおぉ！」

「ゴブッ!?」

咄嗟《とっさ》に突き出した俺の前蹴りが、小柄なゴブリンの腹に突き刺さった。

その小さな筋肉ダルマの身体を真っ二つにへし折って、後ろへと押しのける。腕相撲で戦えばまず勝てないだろうが、これは体重差という奴だ。俺はこの瞬間に、ボクシングの階級が17個にも分かれている理由を思い知った。

がむしゃらに上体を起こして前を見ると、もう一匹が走って来るのが見えた。

ホルダーにようやくカードがセットされ、それを瞬時に抜き出す。

「『火炎』！」

炎が噴き出し、突っ込んできた三体目のゴブリンが、上半身を焼かれながら俺とすれ違う。

燃える火の粉を身体に受けながら、ホルダーに素早く『火炎』のカードを戻す。

今度はもたつくこともなく、ひっかかることもなく、最大限に上手くいった。

俺は何かがスマートに成し遂げられた瞬間に感じられる、ほのかな達成感を味わった。

「ゴブウッ！」

蹴りを受けて倒れていた剣のゴブリンが立ち上がり、俺の方へと突っ込んで来る。

即座にカードを引き抜いて、俺は叫んだ。

「『火炎』ッ！」

◆◆◆◆◆

開けた小さな洞穴のような空間と、そこに繋がる通路には、合計三体のゴブリンが倒れている。

「はぁーっ。はあ、はぁ……」

乱れた呼吸を整えながら、俺は自分が『火炎』のカードで焼いたゴブリンたちを眺めていた。戦闘中の興奮と高揚感とは裏腹に、ここには肉が焦げた嫌な臭いと、虚無的な後味の悪さだけが残っている。

俺は大学時代に入っていた、総合格闘技サークルの大会を思い出した。リングの上で戦うスポーツなら、勝っても負けても、終わった後にはお互いを称《たた》え合って、爽やかな気持ちで握手を交わすことができる。拳を交わし合った友達にだってなれるかもしれない。

しかしこれは、そんな健康的に管理された健全な試合ではなく、単なる殺し合いだったのだ。

俺はスキルブックのホルダーに『火炎』のカードを戻しながら、その使用残高の上四つが黒く塗り潰されて、残り六回になっているのを確認した。部屋で使った時の一回、この戦闘で三回使用。残回数は六回というわけだ。

パタン、と本を閉じると、手の中でスキルブックが自動消滅する。家で色々と弄《いじ》っている内に気付いたことではあるが、どうやら俺の思考と連動して自動で消えてくれるらしい。

「や、やりましたね！　ズッキーさん！」

「あぁ……なんとかな……」

ケシーにそう返して、俺は傍《そば》に転がっていた詩のぶのスマホを回収した。

石に引っかかった形で斜めに立っていたスマホは、画面が蜘蛛《くも》の巣のようにひび割れている。俺は配信機能をストップしてから、詩のぶの方に歩み寄った。

「ひどいなこりゃ」

胸を隠しながら座り込んでいる詩のぶの衣服はズタズタに引き裂かれており、千切られた白い下着やら何やらの衣片がそこかしこに散らばっていた。

足首や腕には、無理やり裁断されたと思しき服の破片がしがみついているものの、彼女はほぼ何も着ていないのと同じ状態だった。

ほとんど裸体に近い女子高生を目の前にしているわけではあるが、なんの興奮もない。

むしろなぜだか息がしづらくて、フラフラする。

脳の神経がいまだに、先ほどの戦闘で過熱気味らしい。

「ほら、とりあえず立てよ」

「ぁ……は、はい……」

俺は着ていた紺色のジャケットを脱ぐと、それを詩のぶに羽織らせた。

詩のぶとは身長差があるので、ジャケットの裾が上手いこと彼女の尻を隠してくれる。太ももはまあ、仕方ない。改めて見てみると、そのジャケットは先ほど転んだ拍子に派手に汚れて、背中の布地が破ける寸前になっていた。お気に入りだったんだけどな。

「ぁ、あの」

羽織ったジャケットの前を左右に引っ張っている詩のぶが、そんな掠《かす》れた声を出した。

「なんだ？」

「ど、どうして……たす、助けて、くれたんですか？」

「てめえが馬鹿なことをしてたからだろ」

彼女を先導するように歩き出すと、後ろから、彼女が問いかけてくる。

「だって、その、ぁの……」

「お前がアホなことをして勝手にどうなろうが、知ったこっちゃねえよ」

「なら、その……どうして……」

「まあ、これはつまり、こういうことだ」

俺は言い訳じみた論理を頭の中でこねくり回しながら、振り返らずにこう言った。

「今回のことからお前が学ぶべき教訓は、てめえはまだまだ自分のバカの尻拭いもできねえガキだってことだ。わかったら大人しく家に帰って、親に謝って、学校に行け」

入り口に向かって歩いていると、ピロリン！　という通知音と共にステータス画面がポップアップする。

『獲得経験値が上限に達し、レベル19に上がりました。能力値を割り振りますか？』

おっと、レベルアップか。

レベルや能力値の概要はすでに確認していたのだが、まだ計画を立てていなかった。こんなイレギュラーがなけりゃ、もっとゆっくりのんびりじっくり勉強するつもりだったから。ダンジョンに入るのも実際にレベル上げをするのも、ずっと先のことだと思ってたからな。

いいや。とにかくあとで考えよう。

『はい』も『いいえ』もタップせずに、ステータス画面をスワイプする。視界の外へと滑らせるようにすると、自動で消える仕組みになっていた。

「おっと？」

ステータス画面を消す直前に、スキル欄が『＋1』になっているのに気付く。

タップして見てみると、『ゴブリンの突撃』という新規取得スキルがあった。戦いのドサクサの中で手に入れていたんだろうか。どういう仕組みで？　この辺りは、調べてみないとわからん。

ダンジョンの入り口の柵もなんとか越えると、詰所の警備員はまだ寝ていた。

彼の警備服のポケットに入っていると思しきスマホか携帯が、絶えずバイブ音でなんらかの着信を知らせているのがわかる。それでも起きないとは大した奴だ。どんな所でも深い眠りに就けるというのは羨ましい特技だが、これだけ警備員に不向きな奴も珍しい。

おそらく詩のぶの配信が通報されて、警備員である彼にも何らかの連絡が入っているのだろう。もうじきここにも、警察やら何やらが来るに違いない。それまで幸せに寝ているといい。

駐《と》めていた車の後部座席に詩のぶを乗せると、エンジンをかけながら、俺はふと溜息《ためいき》をつく。

「もし途中で職質とか喰《く》らったら、ちゃんと説明してくれよ」

「あ、は、はい。もちろんです……」

「家はどっちの方だ？」

「鈴が丘の方です……」

「そういえば、近場だったな。家まで案内してくれ」

「は、はい……」

詩のぶの案内に従いながら、車を走らせた。

交差点で赤信号に捕まり、信号待ちをしながら、俺は聞いてみる。

「これからどうするんだ？」

「これから……というと」

「あの生放送とか、ダンジョン無断侵入の件とかよ」

「あ、あぁ……はい」

バックミラーに映る詩のぶは、ジャケットの下から手を伸ばして、やや頭を抱えているようだった。

「い、いやその……こんなことになるとは、思って、なくて……」

「犯罪自慢みたいな生放送に変わりはねえだろうが」

「あの……ちょっとした炎上商法？　みたいな動画になればいいなって……警察には怒られるかもしれないですけど、どうせ時間が経《た》てばみんな、忘れちゃいますし……と」

「俺は見たくもないが、たぶんネットは大変なことになってるぞ」

「ええと、どうしよう……ドッキリでしたで何とかならないかな……」

「知らん」

「……とりあえず謝罪動画出して、謹慎します……」

「身元割られてネットの玩具《おもちゃ》にならなけりゃいいな。まあもう高校生で、自分の意思でやったことなんだから。あとは自分で何とかしてくれ」

「はい……」

「あと、俺の名前は出すなよ」

「も、もちろんです……あの……水樹さん？」

「なんだ？」

　信号が青に変わって、俺はアクセルを踏み込んだ。

「あの……電話番号だけ、教えてくれませんか？」

「どうして？」

「いや、あの……迷惑なら、良いんですけど……あの……」

「………」

できることなら、俺は断りたかった。

4

詩のぶを家まで送ると、まずは彼女の親御さんに事情を説明することになった。

ジャケット以外は裸だった詩のぶに服を着替えてもらってから、彼女の親御さんと一緒に警察署へと出頭し、当直の警察官に話を聞いてもらう。聴取を受けて簡単な調書を作ってもらうと（警備の人間がめちゃくちゃ寝ていたという話も、もちろんちゃんと伝えた）、あとは後日、もう一度警察署に出頭して欲しいということになった。

全てを終えると、もう深夜だった。

俺はアパートへと戻るため、疲れ切った身体で車を運転している。

「なんだか疲れましたね－、ズッキーさーん」

「ああ……心配なことは山ほどあるが、今日はもう寝る」

「賛成ですよー」

「ハンバーガーでも食うか」

「おおー、いいですねー……」

どうやら、ケシーも疲れ切った模様だ。

国道沿いのハンバーガー屋にドライブスルーで入り、ポテトとハンバーガーとオレンジジュースを頼んだ。車内で注文が来るのを待っている間、俺は新しく取得したスキルについて、スマホで調べてみる。

＝＝＝＝＝＝＝＝＝＝＝＝＝＝＝＝

『ゴブリンの突撃』　ランクD　必要レベル15
強化《バフ》スキル
1ターンの間、あなたが与える近接物理攻撃ダメージに＋3の上方修正を加える。

＝＝＝＝＝＝＝＝＝＝＝＝＝＝＝＝

「1ターン？」

俺の肩に乗っかってスマホの画面を眺めていたケシーが、そんな疑問を漏らした。

「1ターンってのは……スキルの効果が持続する、継続時間のことらしいぜ」

どうやら、こういった強化スキルや魔法の持続時間というのは、一定の時間法則で区切られているらしい。その時間単位を『ターン』というのだ。1ターンは大体、十数秒間を指す。研究で正確な時間はわかっているはずだったが、ネットで聞きかじった知識のためにちょっと思い出せない。

『ゴブリンの突撃』の価格は、百万円いかないくらいだった。スキルの評価を見てみると、どうやら半永続的に確定ダメージを付与する『チップダメージ』とは異なり、1ターン限定であること、発動にインターバルが必要で連続使用が難しいこと、近接物理限定であることなどが挙げられて、ダメージ効率や運用性が悪いとの評価だった。特に、近接物理限定という点が厳しいらしい。

それでも百万近くの値が付いているのは、さすが存在自体が希少なスキルといったところか。ダメージ＋3がどれほどの威力かは判然としないが……ステータス上は俺のＨＰが14だから、五発で俺を亡き者にできるなら大したもんだ。あれ？　やっぱり大したことないのか？　金属バットの方が威力がありそうだぞ。

いや、それは頭にフルスイングされた時だけか。五発で殴り殺されるのは……普通に、小口径の銃弾並みかもしれない。入手方法としてはゴブリンを倒した際に、稀《まれ》にドロップするらしい。

注文の紙袋を受け取ると、俺はアパートへと真っすぐ車を走らせた。ハンドルを繰りながら、助手席に置いた紙袋を探って、開いた状態にしてやる。

「ケシー、お前ポテトとか食べてていいぞ」

「いいですよー。家に帰ってから一緒に食べましょー」

「そうか」

俺は何となく、息を吐き出す。こそばゆいような、奇妙な感情が湧きあがっていた。

「なら、そうしよう」

アパートに戻って来ると、駐車場に車を駐めた。そのままハンバーガーの紙袋を抱えて、ジーンズの尻ポケットから部屋の鍵を取り出しながら、アパートの階段を上がっていく。

そういえば……結局。あの洞穴の周囲に電波が通っていたのは、なんだったのだろう。ダンジョンではよくある現象なのだろうか。結局何もかも、調べてみないことにはわからん。とにもかくにも謎だらけだった。

そんなことを考えて二階に上がると、俺の部屋の隣に、なんだか見たことのある男が入っていこうとしているのが見えた。

その背の高い、黒髪をオールバックに撫《な》でつけた金と黒のコートを羽織る男は、部屋に入っていこうとする直前で俺に気付くと、切れ長の目をまん丸に見開く。

「ミズキ！　ミズキじゃないか！」

「あーっと……ヒース？」

先日にハンバーガー屋で会ったその外国人の男は、扉を開けたままで俺のことを待ち構えた。

「どうしたんですか、こんなところで」

「僕と君との仲じゃないか。敬語なんてよせよ」

俺とあんたはどういう仲なんだ。外国人の言うブラザーみたいなもんなのか。

「仮住まいだが、しばらくここに住むことになってね」

ヒースはそう言った。

「もしかして、君の家もこの近くかい？」

「隣の部屋っすよ」

「それは良い！　とても素晴らしい幸運《ハッピー》だ！」

ヒースはニッコリと微笑《ほほえ》むと、俺に手を差し出した。

「隣人同士、よろしくたのむよ」

「あ、ああ……どうも、よろしく」

「それに、あの時借りたイチマンエンの礼もしなくちゃならんからな」

「ああ、別にいいっすよ」

二千万円のスキルを譲ってもらったもので。

あのことについては、ちゃんと聞かなきゃいけないいな。

「いいや、そういうわけにはいかん。あのイチマンエンでずいぶん助かったんだ」

ヒースは俺と握手を交わしながら、そう言った。

「何か困ったことがあったら、言ってくれよな。たとえ世界を敵に回そうとも、一度は君のことを助けてやるぞ」

6章

ロイヤル・エグゼクティブ・アームズ

1

女子高生YourTuber、詩のぶチャンネルの顛末《てんまつ》について、サクッとお伝えしよう。

詩のぶが行った問題のライブ配信は、Tmitterなどでもトレンド入りし、最大同時視聴者数が四万人を超える騒ぎになった。俺にはよくわからないのだが、これはどうやら物凄《ものすご》い数字らしい。登録者も一時的に急増したらしいが、ゴブリンに衣服を剥がされた詩のぶの裸体が一部配信に乗ってしまったこともあり、詩のぶチャンネル自体は現在アカウント停止処分を受けている。

このライブ配信がフェイクであったか、それとも本物であったかについて、ネット上では結構な人や専門家を巻き込む論争に紛糾した。この数日間にわたる議論の趨勢《すうせい》がどちらにあったかは定かでないが、これは後日に新規アカウントを開設して投稿された詩のぶの謝罪動画により、一旦の終息を見せる。

曰《いわ》く、放送の内容は本物であったこと。

警察のお世話になり、通っている高校からは停学処分を受けたこと。

その他軽率な行動への謝罪と謹慎について、動画では述べられた。

ネット民の総力を挙げた情報戦により、詩のぶチャンネルの姫川詩のぶは通っている高校や住所、家族構成などを割り出されることになった。

「姫川詩のぶ」はYourTuber用の偽名で、本名は「田中しのぶ」ということまで明らかにされる。

この問題行動はテレビのニュースで報じられ、コメンテーターが遺憾を表明する事態にまで発展したが……途中で話題が微妙にすり替わり、なぜか彼女の整った容姿の方が盛んにクローズアップされるようになった。

また彼女がゴブリンに襲われている動画は海外のエロサイト系の動画サービスへと現在進行形で無数に拡散されており、新規開設された「詩のぶチャンネル」は現在登録者が二十万人を突破している。しかし謝罪動画で述べた通りに彼女は謹慎に入ったため、それ以降の動画は今のところ、アップロードされていない。

そして、もう一つの問題は……。

「すごーい！　ズッキーさん、有名人ー！」

動画投稿サイトに上げられたとある動画を見て、ケシーがそんな声を上げた。

「やっぱ……こうなるか……」

俺もパソコンの画面を眺めながら、溜息《ためいき》を漏らす。

配信の最後に乱入し、三体のゴブリンを討ち取った謎の冒険者。

彼……というか俺の戦闘の様子が、複数の動画投稿サイトに転載されて話題になっているのだ。

電波状況が極めて悪いために、映像はほとんどモザイク状になっていて大体の様子までしかわからないのだが……謎の本のスキルと火炎のスキルを駆使して戦う俺の動画には、色んなコメントが付いていた。

Yongor334　5時間前
01:05で「いずみさん」って聞こえる。「みずき」かも
Good 13　Bad 0
2つのリプライを表示←

ナンヤコレ大帝　5時間前
ゴブリン体格良すぎるだろ
Good 6　Bad 2

エルモ【登録者2万人ちゃれんじ】　3時間前
01:17　一回ミスってめっちゃ焦ってて草
Good 4　Bad 1
4つのリプライを表示←

登録者一人につき日本列島を1㎝ずつ動かすオリエンタルテレビ　5時間前

この人すごかった！！！！！
Good 0　Bad 4

「………うぅむ……」


コメント欄を眺めながら、俺はそんな風に唸《うな》った。

あの後……警察署で再度事情聴取を受けた俺は、幸いにもお咎《とが》め無しで済んでいた。むしろ警察からは、詩のぶが大事に至らずに感謝されたくらいだ。今回の件がこれ以上の大事になっていたら、ダンジョンを巡る様々な関連規則に影響が出て、警察も一定の責任を負う事態になっていたかもしれないから。

心配していた俺のレアスキルの件などについても、警察は深く突っ込んでこなかった。大事なのは俺に、ダンジョンに不法侵入する考慮すべき事情があったかどうかと、ダンジョンの封鎖があまりにもお役所仕事であったこと、さらには当の詩のぶについてであって。俺がどんなスキルを用いて救出したかについては、さほど重要な点ではなかったのだ。

幸いにも俺の情報は警察でブロックされており、どうやら身元までは特定されていないようだが……この「ＪＫユアチューバーを助けた謎の冒険者」という盛り上がり方は、あまり良くない流れだ。

このまま風化して、みんな忘れ去ってくれればいいが……はたしてそうなるだろうか？

不謹慎ながら、俺は何でもいいから次なる大事件が起きて、詩のぶの件や謎の冒険者のことなど誰もが忘れてしまうことを期待していた。

「有名人になったのに、なんだか嬉《うれ》しくなさそうですねー？」

「嬉しいわけないだろ。下手に住所とか色々割られたら、果てしなく面倒なことになるぜ」

「そのときはそのとき！　堂々としてりゃあいいんですよ！」

「堂々としてたら、お前はすぐに研究施設行きだけどな」

とりあえず、どうなるかわからないことについて悩んでいても仕方がない。

俺はブックマークタブから、別のサイトを呼び出した。

レベルと能力値についての情報サイト。あの戦闘によってレベルが上がったので、能力値のポイントを割り振りたいのだが……これがなかなか決められずにいる。

そもそもレベルとは何か？　これは実は、いまだにその正確な性質がわからない概念である。

とある仮説によれば、このレベルや能力値というのは、ステータス化した全人間の平均値から逆算されるものらしい。レベルの値は1～100まで存在し、能力値も1～100までと推測されている。ステータス化した人間が百人いたとして、その百人の総合力の順位付けとして、レベル1から100までが割り振られるわけだ。

ダンジョンができた当初はレベルの変動が激しく、何もしていないのにレベルアップしたりレベルダウンしたりということが多発したらしい。

これは初期にステータス化した人口があまりに少なかったため、評価値が常に揺れ動いていたかららとも言われている。今ではダンジョンの影響を受けてステータス化した冒険者や非冒険者はかなりの人数に上っているため、大数の法則が働いてそのような変動はほとんど起きていないらしい……のだが。

「俺がダンジョンに入る直前に、大変動があったらしいんだよな」

「そうなんですか？」

そう。大変動があったのだ。

今まで、レベル１００の冒険者を唯一保有しているのはアメリカだった。

米国政府機関に勤めるウォレス・チャンドラー。彼は元米軍海兵隊の士官で、特殊部隊に所属した経験があった。さらにはオックスフォードで犯罪学の博士課程を取得した秀才でもあり、軍を除隊後は中央情報局の職員として活動していた。

彼は世界最初のダンジョンである『ＮＹ・ダンジョン』の調査を担当していた際にステータス化し、レベル１００であることが確認されていた。さらにその能力値は、ほとんどが80と90以上をマークしていたらしい。それから四年間、彼の他にレベル１００が確認されなかったため、チャンドラーは「ダンジョンによって最も優秀な個人として評価された人類」と評されていた。

しかしそのチャンドラーのレベルが、とつぜん、一気に63まで落ちたのだ。

さらには各国の有名冒険者が軒並み、何の前触れもなく、一夜にしてレベルを大きく下げることとなった。これが意味するところは、つまり……。

「チャンドラーよりもずっと優秀な人間として評価された奴《やつ》が、新しくステータス化した。もしくはこれまでの常識では考えられないほど急激に、ステータスや能力値を上げた奴がいるっていうことだ」

「ほえー」

「しかもその謎の人物はめちゃくちゃに高性能な奴で、これまでの評価値をガラッと変えちまった。元々レベル１００だったチャンドラーがレベル63まで落ちたということは、レベル64から99までが全部欠番になったってことだからな。それくらいの能力差が発生したっていうことなんだ」

アメリカの威信を担うチャンドラーには、レベル１００の座を他国の冒険者に渡さないために、米政府によって発見された強化スキルやレアスキルを片っ端から詰め込まれていたと噂《うわさ》されている。あくまでも噂ではあるが、無くはない話だ。

アメリカが総力を挙げてレベルを維持していた彼に、そこまでの差を付けた人物というのは……一体どんな奴なのか。

「なんだか難しくって、よくわからないですけどねー。そんなことになってるんですか」

「まあ噂だけどな。そもそも仮説自体が間違っていたんじゃないかとか、どっかで動物がステータス化し始めて、データが大きく狂ったんじゃないかとか。まあ色々言われてるよ」

「たしかに……もしもゴリラがステータス化したとしたら、筋力値とかは大きく変わっちゃいそうですよね」

「そういうこと。あとは、とんでもないチートスキルを発見した奴がいるんじゃないかとかな」

コンコン、とノックの音が聞こえた。

「おっと、誰かな」

玄関の方に向かうと、阿吽《あうん》の呼吸でケシーが物陰に隠れる。

こいつも、この世界のことや自分の立場を色々とわかってくれたようだ。

しかし、なぜノック？　チャイムがあるんだから、そっちを押して欲しいところだ。

玄関の戸を開けると、そこにはあの外国人……隣の部屋に越してきた、黒髪オールバックのヒースが立っていた。

「やあ、ミズキ。とつぜんすまんね」

「おや。どうしたんですか？」

「パソコンとやらを買ったんだが、ちょっと使い方がわからなくて。教えてくれないかな」

2

ヒースの部屋にお邪魔してみると、ほとんど何も無い殺風景な居間に、開封された大きな段ボール箱が置いてあった。

「こいつなんだが、君なら使い方がわかると思ってな」

「えっと、パソコンのセットアップがわからないってことです？」

「全てだ」

「全て？」

「聞く所によると、このパソコンとやらはこの世界の必需品らしいじゃないか。だから買ってきたんだ。ヤナダ電機というデカい店でな」

「もしかして……パソコン、触ったこともないんすか？」

「もちろん。無い」

ヒースはなぜか、誇らしげにそう言った。

俺も、自分の無知をこれくらい堂々と宣言できるようになりたいものだ。

「商人さんは、『らくらく開封サービス』？っていうのを付けるって言ってくれたんですけどぉー」

そう言いながらキッチンから出てきたのは、以前に彼の隣で見かけたマチルダという外国人の女の子だった。どうやら料理の途中だったようで、エプロンを身に着けている。

「この人が、『大丈夫だ。持って帰ればわかる』とか言って、断っちゃったんですよぉ」

「わかると思ったんだが、予想以上にわからなかったんだ」

二人のそんな会話を聞きながら、俺は開けられた箱の中身を確認した。

おそらく、店員に勧められるままに買ったのだろう。箱の中に入っていたのは、日本製のバカ高そうな大型一体型パソコンだった。家電量販店によくある、値段ばっかり高くて要らないソフトがウジャウジャ入ってそうな奴。

しかしまあ、この人はガチの機械音痴っぽいから、こういう機種を選んでくれたのは好都合だったのかもしれない。

「どこに置きます？」

「その辺りだ」

ヒースはそう言って、居間の何も無いスペースを指差した。

「……床に？」

「床だ」

「テーブルとか、デスクとか……無いんですか？」

「敬語は良いと言ったろ」

「無いの？」

「無い。必要なのか？」

「なくても大丈夫だけど、死ぬほど使いづらいと思うぜ」

「そうか。明日買って来よう」

どうやら、マジでパソコンを触ったことが無いタイプの人らしいな。というか、パソコンという概念自体を知らないようにも見える。

この現代に、そんな原始人じみた人間が存在しているとは驚きだ。アフリカの部族だってスマホで電話している時代だぞ。優秀そうな人なのに、一体どうやって育ったらこうなるんだ？　もしかして本当にどこかの王族とか、そういう人なのか？

コードを繋《つな》いだりなんだりして、二十万円はしそうな高級大型一体型パソコンを床に設置する。ヒースはその様子を、俺の隣で楽しそうに眺めていた。

完全に何もわかっていなそうなので、ついでにOSのセットアップもしてやる。ファストフード店の支払いを肩代わりしただけで、数千万円は下らないスキルを譲ってもらったのだ。これくらいの親切は必要だろう。

セッティングが終わると、隣でずっとその作業を見ていたヒースは俺に拍手した。

「いやはや、ありがとう。とても助かったよ」

「まあ、これくらいは。前にえらい物を貰《もら》ったんで」

「君はパソコンの大先生なんだな」

「それ、あんまり良い意味じゃないからね」

俺がそう返すと、ヒースは自分のステータスを出現させた。

「お礼をしなくちゃならん。また何か、スキルでも一つ貰ってくれ」

「いや、それは。あんまり貰ってばかりだと悪いんで」

「それじゃあ、僕が君の厚意を貰いっ放しになるじゃないか」

「前に貰ったスキルで十分だよ。というか貰いすぎた」

そこまで言って、俺は聞かなければならないことに気付く。

「ヒースって、冒険者なのか？」

「いいや？　違うが」

「いやでも、あんな高価なスキルを……何をしている人なんだ？」

「特に何をしているというわけではないが」

ヒースはそう答えると、何かを思いついたように微笑《ほほえ》む。

「強いて言うなら、追放者といった所かな」

◆◆◆◆◆◆

「やっぱ変な人だな」

レベルやスキルの情報サイトを眺めながら、俺はそう呟《つぶや》いた。

「あのヒースって人ですかー？」

「そう。パソコンの使い方も教えようかと思ったんだが、『あとは使えばわかる』って言われてな」

「わかりそうです？」

「たぶんわからんと思う」

そう答えながら、俺は一つ心に決めたことがあった。

サイトを開いたまま、俺はステータス画面を呼び出す。そこからレベルアップの経験値を割り振るところまで進めた。

「おっ？　ようやっと能力値上げるんですか？」

「ああ。体力に全振りしておくよ」

そう言って、俺はレベルアップの上昇値を全て体力に割り振った。

「『知力』とかに振った方が良くないですかー？」

「色々調べてみたんだけどさ。あれって、単に頭が良くなるわけじゃなさそうなんだよな」

そう。ステータスに現れる能力値というのは、字面そのままの意味合いでは無いことがわかっている。『知力』を上げたからといって知能指数が高くなるわけではないし、『魅力』を上げたからイケメンになるわけでもない。それはどちらかといえば、各種のスキルに対応する素養のことを指しているのだ。

特に『知力』は、魔法スキルに関わる全般的な素質を司《つかさど》っていることがわかっている。同じ魔法を発動したとしても、『知力』の値に応じて発動速度や持続力が変化し、稀《まれ》に発生する発動失敗《ジャム》の確率も低くなるらしい。

しかし初期ステータスに限っては、その人本来の能力から計測される。初期ステータスにおける『知力』はそのまま、その人の『知力』の値を表すが、レベルアップによる能力値上昇は、その人の『知力』の上昇を意味しない。

それは一体、どういうことか？

これはつまり、レベルアップにおける能力値の上昇というのは、スキルを使用する際に必要な能力をブーストして、補完する値なのだという。

たとえば、元々の筋力値が『15』の人が居たとして。この人はレベルを上げて、筋力値に極振りした結果……ステータス上の筋力値は『50』まで上昇したとする。

その場合は、元々の筋力値『15』に、レベルアップ分の能力値『35』を足した状態……つまりは、『筋力値50（15＋35）』の状態であるといえる。

元の筋力は15のままで変わらないのだが、スキルなどを使用する際には、追加された35の値がブーストして筋力を補完する。ちなみに筋トレなどをして元の筋力を向上させた場合には、その値

も ステータスに反映されて能力値が上昇する。これを、「素能力値を加算能力値が補完する」という。

「それで色々と調べてみたんだが、この『体力』は特殊らしくてさ」

「どんなことがです？」

「『体力』ってのはスタミナのことを指してるんだけど、ステータス上のＨＰとも関係してて。つまりは生命力ともいえるらしいんだよ」

「それで？」

「『体力』を上げておくと、ダンジョン内で怪我《けが》とか重傷を負った時に、上昇値分が生命維持を助けてくれるんだって」

これは、ダンジョン内で重傷を負った軍人の事例からわかったものだった。

『ＮＹ・ダンジョン』に潜った海兵隊員が、モンスターとの交戦によって重傷を負った。随伴していた救急救命士資格を持つ衛生兵は、その怪我を見て、この兵士はダンジョンから脱出するまでに間違いなく死亡してしまうと判断したらしい。

しかし、彼は死ななかった。

ダンジョン内においてだけ、彼が上げていた加算分の『体力値』が生命維持を補完して、出血等によるスリップダメージを軽減したのだ。ダンジョンから出た後は通常の出血量に戻ったらしいが、彼は救急搬送されて何とか一命を取り留めた。そこから、困ったらとりあえず『体力』を上げておけというのが、職業冒険者の間では一般的らしい。

今回のレベルアップによる上昇値は3点。

それを『体力』に全振りした結果、値は16となった。相関関係にあるHPも15に上がる。やはり命が大事の作戦でいこう。

そこで突然。ポロン！　というパソコンの通知音が鳴り、画面の右下にポップアップが現れる。

どうやら、メールが届いたようだった。前の会社からだろうか？

そう思ったが、メールアドレスは登録されていない。

差出人の名前は、「堀ノ宮秋広《ほりのみやあきひろ》」。

「堀ノ宮……秋広？」

俺はその名前に憶《おぼ》えがあった。しかし、それは同時に、天地がひっくり返ったところで俺などにメールを送るはずのない人物の名前でもある。

怪訝《けげん》に思いつつも、俺はそのメールを開いた。

3

はじめまして。私は堀ノ宮秋広と申します。

私はあなたが、つまりは水樹了介《みずきりょうすけ》さまが、先日の『詩のぶチャンネル』というYourTubeチャンネルに関連する事件において、彼女を助けた冒険者であるということを突きとめています。

専門家の話によれば、あなたの保有しているスキルはデータベースに情報の無い未知のスキルであり、職業冒険者としても名前の知られぬ、謎の人物であるということがわかりました。またそのような冒険者が、動画に登場したようなレアスキルを保有しているのは、かなり驚くべき事実であるとも。

私はとある目的のために、現在複数の冒険者を雇っています。しかしその目的は達成されぬまま、いたずらに時間が過ぎるだけで、もう三年もの月日が経過しています。そんな中で発見した、水樹了介さまという一種のイレギュラーである存在に私は心惹《ひ》かれ、また特別に仕事を依頼したい理由もございまして、一度お話を聞いていただきたいと思っているところであります。

なお、保有しているスキルを不当に奪われるのではないか、というご心配につきましても無用でございます。口先だけでこのようなことを述べても説得力は無いものと思いますが、私がそのつもりであれば、もっと速やかかつ直接的な手段でもって、そのようにしているだろうということは、ご理解いただければ幸いです。

それでは、ご検討のほどよろしくお願い申し上げます。

メールの文面は、以上の通りだった。

この下には携帯のものと思われる電話番号が記されており、そこに連絡を寄越《よこ》せという内容の文章が添えられている。

素性も割られて、ほぼほぼ電話をするしか無いような状況だ。しかし俺のことをそこまで調べ上げて、こんなメールを寄越すくらいだったら、直接電話をして口頭で伝えりゃあいいのに。形だけでも、こちら側に選択権を残しているつもりか？

「こそこそと嗅ぎまわりやがって、気に入らねえな」

堀ノ宮秋広という名前をネットで検索してみる。彼の名前は、検索窓に打ち込む途中で予測変換として登場してきた。その名前で検索をかけると、検索トップには個人名の Wilypedia が出て来る始末だ。説明されている人物像は、以下の通り。


堀ノ宮秋広（ほりのみや　あきひろ、19X3年7月12日－）は、日本の実業家。

ホリミヤグループの創業者であり、ホリミヤグループ代表取締役社長やダンジョンテック会長、フォース取締役などを務める。また、ホリミヤグループの筆頭株主である。


正直、この検索結果はすでに知っているものだった。退職したとはいえ、俺は証券マンだったわけだから。日本の巨大企業グループとその創業者、現社長くらいは頭に入れている。ただし流石《さすが》にメールが来るとは思っていなかったわけだから、条件反射的に検索してしまっただけだ。

特に何も用事が無いのであれば、面倒事は後回しにしない主義だ。

俺はスマホを取り出して、メールが届いてから二分以内に電話をかけてやる。コール音が二回鳴ってから、通話が接続された。

「水樹了介です」

『お返事が早くて助かります。私は堀ノ宮です』

「僕とお話がしたいとのことでしたので」

『その通りです。しかしこのまま電話口で、というのはなんですから、会食にでもお招きできればと思うのですが』

日本有数の企業グループの長だというのに、いやに腰が低い奴だ。

しかし優秀な経営者ほど、こういう人間は多い。

まだ全然捨てきれない線は、手の込んだ……ここまでいくと流石に手が込みすぎているわけだが、堀ノ宮秋広を騙《かた》った何らかの詐称であるというパターンと、本当だとしても詐称だとしても、このまま俺を拉致及び監禁……というコンボで、俺のレアスキルを狙っているパターンか。

「会食といっても、僕は遠方に住んでおりますので」

『存じております。ですのでちょうど、今。私の方から出向かせていただきました』

…………は？

俺は通話中のスマホを頬に押し当てたまま、玄関から外へと飛び出した。

アパートの前には、黒塗りの高級車が一台停《と》まっている。ちょうど今ここに到着して、そこで停止したのだ。

スーツ姿の運転手が車から出て来て、後部座席の扉を外から開いた。開かれたドアからスマートな所作で長い脚が伸びて、一人の男が立ち上がる。つまりこの男は、自分では車の開閉をしないタイプの人種というわけだ。

すらりと背の高い、ライトグレーのスーツをきっちりと身に纏《まと》った初老の男。紫色のネクタイ。

胸に挿された白いハンカチ。

彼は通話が繋がったままのスマホを耳に当てながら、アパートの部屋から飛び出してきた俺と目を合わせた。

『改めまして、水樹了介さん。私が堀ノ宮秋広です』

やれやれ。

その初老の男性は、俺が経済新聞やネットのニュースでよく見ていた通りの、リッチなハンサム面だった。

4

金持ちというのは、いつどこであろうと一定以上のサービスが受けられるようになっているものだ。それはこのホリミヤグループ代表取締役社長、堀ノ宮秋広も、その例外ではない。

「心配しないでください」

何となく居心地が悪そうにテーブルに着く俺に対して、堀ノ宮はそう言った。

「ここは見ての通り、ただのレストランです。何かあればすぐに逃げられます。というよりも、メールでお伝えしました通り。もしもあなたに危害を加えるつもりであれば、私は顔や名前など出さずに、人を使ってもっと直接的かつ効果的な手段を取るでしょう。もちろん、そんなつもりはありませんが」

「…………」

ここは、大守《おおもり》市のやや外側の国道沿いに位置する、一軒のレストラン。

田舎の寂しいレストランではあるが、中に入ってみると、予想以上にしっかりした店であることがわかる。東京の高級店のような押しつけがましさはなく、しかし堅実な実力を感じさせる店だった。心地好い音量のクラシックが流れる店内には、静かで厳かな雰囲気が満ちていた。

堀ノ宮は俺のことを車で送迎すると申し出たのだが、俺は自分のセラシオを運転してここまで来ていた。

「この店のシェフとは、旧知の仲なんです」

テーブルに向かい合って料理を待ちながら、堀ノ宮が場を和ませるように切り出した。

彼の付き人と思《おぼ》しき黒服が、レストランの外に一人、中に一人配置されている。

「とても腕の立つ料理人で、以前は東京の一等地で店を構えていたのですが。子供の病気の都合で、空気が良く涼しい北海道の、静かなこの土地に越して来たんです」

「場所を選ばずに働けるっていうのは、なかなか羨ましいものですね」

「理想的な生き方だと思います。彼がここで店を出した時には、私もいくらか援助させていただきまして。今日はその礼として、貸し切りにしていただいているんです」

「それで？」

世間話の腰を折り、今度は俺の方から切り出す。

「僕に、用件というのは？」

「前金で一千万円。成功報酬で四億円差し上げます」

堀ノ宮が、すかさずそう切り返した。

俺は会話の主導権を取りにいったのだが、彼とて交渉事に慣れているのだろう。俺は交渉のテーブルに存在する、目には見えない間合いを測られて、一瞬にして懐に忍び込まれたような気分になった。

「お話を聞いていただくだけでも、いくらかお包みいたします。聞いていただけますか？」

「貰えるものは貰っておきましょう」

前菜が運ばれてきた。

細かな細工が施された白皿に、芸術品のような意匠を凝らした色鮮やかな料理が飾られている。

いつも思うのだが、こういう料理は果たして美味《うま》いのだろうか。

「依頼の内容は、ダンジョンの深層に眠る、とあるアイテムの回収です」

「どんなアイテムですか？」

「『慈悲神の施し《エイル・ギビング》』という、世界でまだ一度しか発見されていないアイテムをご存じでしょうか？」

「有名ですからね」


＝＝＝＝＝＝＝＝＝＝＝＝＝＝＝＝＝＝＝＝＝

『慈悲神の施し《エイル・ギビング》』　ランクＳ　必要レベル無し
マジック・アイテム
対象のＨＰ・ＭＰ・状態異常を全て治癒する（一回使い切り）。

＝＝＝＝＝＝＝＝＝＝＝＝＝＝＝＝＝＝＝＝＝＝＝

世界で、まだ一例しか発見報告の無い最希少資源。唯一の発見者は米国のウォレス・チャンドラー氏。発見場所はNY《ニューヨーク》・ダンジョン深層。

「世界最高の冒険者であるチャンドラー氏が、探索に同行して重傷を負っていた研究者にこのアイテムを使用したところ……全ての外傷はおろか、抗癌《がん》剤治療を受けていた食道癌まで根治されていたというのは、有名なお話ですね」

「それが欲しいんですか？」

「その通り。三年間にわたり、ずっと探しているのです」

「失礼を承知でお尋ねしますが……どこか、悪いんですか？」

ホリミヤグループの社長が病気だなんて話は、一切聞いたことがない。しかし株価への影響を懸念して、公表していないという可能性はあるか。

「いいえ。私自身は全くの健康体です。生活習慣には気を遣っていますので」

堀ノ宮は、健康的かつ精悍《せいかん》な顔でニッコリと微笑んだ。顔に刻まれた皺《しわ》さえも、輪郭と筋がハッキリとしていて健康そのものに見える。

「しかし。病魔というのがいつどこで、人の命を奪いに来るかなどわかりません」

「将来における不安の解消のために、そのアイテムを探していると」

「その通り。私の作ったホリミヤグループは、すでに日本有数の企業グループに成長しています。様々な成長分野と事業拡大にも投資を惜しまず、我々はこれからもっと大きくなるでしょう」

そう言ってから、堀ノ宮は思い出したかのように、料理に口を付けた。発色の良い海老《えび》にフォークを刺し、音も立てずに口に運んで繊細な味を楽しんだ堀ノ宮は、ふと表情を陰らせる。

「不安があるとすれば……経営者であるこの私が、いつどこで現役を退くことになるのか？　それだけなのです。ホリミヤグループは、私以外の経営者によっては決して健全に運営されません。私ほどの経営者というのは、世界を見渡してもいくらも存在しないのですよ。まるでダンジョンの希少資源のようにね」

「………」

「これは私の個人的な私欲ではなく、ホリミヤグループが擁する八万人もの従業員、彼らの雇用と生活を確実に保護するためのご依頼なのです。ご理解いただけましたか？」

やれやれ、と俺は思った。

この堀ノ宮という奴……紳士ぶっておきながら、自己弁護と自己陶酔が達者な野郎だ。人間というのはあまりにも権力を持ちすぎると、このような思考回路になってしまうものなのだろうか。

「お話はわかりました」

俺も話を畳むために、そう切り出す。

その前にフォークを取り、いくらか料理を食べておこうと思った。

「しかし、お役には立てないと思います。僕は冒険者資格を取ったばかりの駆け出しで、ダンジョン深層の探索なんて、まだまだ夢のまた夢なんですから」

「あなたに単独で探索をして欲しいと言っているわけではありません」

堀ノ宮はナプキンで口元を拭うと、待機していた付き人に何かの合図をした。

「あなたには……私が雇っている精鋭の冒険者たちに同行し、ダンジョン攻略にナビゲーターとして協力して欲しいのです」

「ナビゲーター？」

「その通り。大守の、未踏の新ダンジョンに足を踏み入れたことがあるのは……今のところ、あなた以外にいませんので。今まで、正攻法を使ってどんな冒険者を雇っても駄目でした。ですから私も、今回の新ダンジョン攻略には……特別に力を入れています。そしてそこに、あなたというイレギュラーがいれば！　なお良い！」

堀ノ宮は顔の前で両手の指を絡めて、俺のことをじっと見据えた。

その背後……レストランのＶＩＰ部屋の扉を付き人が開けると、そこから数人の人影が歩み出る。軍人を思わせる厳《いか》めしい顔つきの、欧米系の外国人たち。その誰もが背丈が高く、肩幅も広い。身に纏っているシャツの袖は、発達した上腕筋でパツパツになっている。

そして、その中央。

彼らのリーダーと思しき人物は、長い金髪を背中の辺りまで垂らし、まるで中世の騎士のような出《い》で立《た》ちをしていた。金色の鷲《わし》の模様が施された、古めかしい軍人のようなヘルメット。赤白を基調とした甲冑《かっちゅう》。それらを身に纏っているのは、小柄な白人の少女。

「英国《イギリス》最強の冒険者パーティー、『Ｒ・Ｅ・Ａ《ロイヤル・エグゼクティブ・アームズ》』！　あなたには彼らと共に、ここ大守市に誕生した新しい未踏の地！　オオモリ・ダンジョンを、攻略していただきたいのです！」

7章 自動翻訳スキルの不具合じゃないのか？

Modern dungeon strategy starting with broken skill

1

「お前が、ミズキリョウスケか」

古風な中世の騎士のような恰好《かっこう》をした金髪の少女は、俺に向かってそう尋ねた。

屈強な軍人風の男たちを従える彼女は、堀ノ宮《ほりのみや》と共にテーブルに着いている俺の隣まで歩み寄ると、装甲のような衣服の金属片をガチャンと言わせて立ち止まる。

「そうだが……日本語が話せるのか？」

「『自動翻訳』スキルだ。そんな知識も無いとは、冒険者としてはたかが知れるな」

その白人系の少女はそう言って、俺のことを見下げた。

彼女の頭には、金色の鷲《わし》の意匠が施された、昔の軍隊の指揮官のような仰々しいヘルメットが被《かぶ》せられている。教科書で見た、ドイツの鉄血宰相ビスマルクが被っていたようなヘルだ。頭部の頂点にはスパイクのような突起が伸びていて、そこに赤い羽飾りが付いていた。

「私の名前はキャロル。キャロル・ミドルトン。ＲＥＡの隊長を務めている」

「君が？」

大げさな恰好をしているが、彼女はどう見たって十代の半ば……もしくは後半だ。

少なくとも、成人に近い年齢ではない。

「私だと、何か問題でも？」

「いや……別に」

「ダンジョンの攻略は保有するスキルとレベル、それに装備と経験によって決まる。女子だからといって舐《な》められるのは心外だな」

「悪かったよ」

「お前が、オオモリ・ダンジョン浅層の案内人ということでいいのか？」

「まだ決まっちゃいない」

俺はそう言って、堀ノ宮の方を見た。

堀ノ宮は微笑を湛えながら、俺の視線を真っすぐ受け止める。

「たしかに、まだ承諾はもらっていない」

堀ノ宮は、穏やかな調子でそう返した。

「しかし……君の素性やレアスキルが、もしも公に知られることになったら。色々と困るのではないかな？　起爆剤も、抱えているようですし」

「………」

俺は堀ノ宮のことを睨《にら》みつけた。

何が、手荒な真似《まね》はするつもりがないだって？

俺の側には最初から、拒否権など存在しなかったわけだ。

◆◆◆◆◆◆

後日、ミーティングのためにもう一度集まることになり、その日はそこで解散した。

愛車セラシオのアクセルを、気持ち強めに踏み込みながらアパートまで戻ると、スマホに電話の着信があった。ホルダーに差していたスマホをタップして、ハンズフリーのままで答える。

『キャロルだ。翻訳スキルは正しく機能しているか？』

「機能しないことがあるのかは存じないが、とにかく日本語で聞こえてるよ」

『電話を通すと不具合が生じることもある。これはミズキリョウスケの電話番号で間違いないか？』

「ああ。堀ノ宮から聞いたのか」

『そうだ。以降連絡を取るから、私の番号を登録しておくように。また、何か質問や不安事項などがあれば、この電話にかけるといい』

「親切にどうも」

ブツッ、と通話が切れた。

俺が切ったわけじゃない。伝えることだけ伝えて、向こう側から即座に切られたのだ。

やれやれ……。

アパートの部屋に戻ると、俺の到着に気付いていたケシーが玄関でヒラヒラと飛んで待ち構えていた。どうやら、最近は車のエンジン音と階段を上がる足音で、俺の帰宅がわかるようになったらしい。犬かお前は。

「どうしたんですかー、ズッキーさーん？　大丈夫でしたー？」

「結果的に大丈夫じゃなかったが、まあ大丈夫だ」

「私はズッキーさんが黒塗りの高級車に連れて行かれちゃって、心配で心配でたまりませんでしたよ！　後輩をかばって暴力団員の要求を呑んだんですか!?　示談の交渉は!?」

「妖精が妙なネットミームに影響されるな」

ケシーを肩に止まらせながら、俺はパソコンを立ち上げて検索をかける。

ＲＥＡ《ロイヤル・エグゼクティブ・アームズ》。

いくつかの検索結果が表示されて、その大体の内容はこうだった。

ＲＥＡは、英国籍の冒険者パーティー。

英国で最も実績の豊富な、英国最強の冒険者集団と目されているチームである。メンバーはそのほとんどが元特殊部隊や、元民間軍事会社の上級オペレーターの経歴を持つと噂《うわさ》されている。その隊長とされるキャロルという少女が、日本でも一時期「可愛《かわい》すぎるイギリスの最強冒険者」としてネットでバズった。

キャロル・ミドルトンで検索をかけてみる。

すると、こんなゴシップサイトが表示された。

『可愛すぎるイギリス最強冒険者、キャロル・ミドルトンの本名は？　彼氏は？　身長や年収は？　年齢や経歴まとめ！』

Tmitterで１００万リツミートされた、可愛すぎる英国冒険者ことキャロルさん！

彼女について、徹底的に調査してみました！

↓本名は？

おそらく、キャロル・ミドルトンが本名だとされています！

↓彼氏は？

彼氏は…残念ながら、不明でした！

↓身長は？

画像から、大体１５０㎝台後半と推測されますね！

↓年収は？

英国最強の冒険者パーティーの隊長ですので、年収は何億円という額になるのではないでしょうか!?

↓年齢は？

キャロルさんの年齢は…残念ながら、不明でした！

おそらく十代半ばか後半くらい…16歳前後と推測されます！

↓経歴は？

キャロルさんの経歴は…不明でした！

きっと、凄《すご》い経歴の持ち主なんでしょうね！

いかがでしたか？

謎に包まれた最強冒険者パーティーの隊長、キャロルさん！

彼女の活躍に、これからも目が離せませんね！


………クソサイトだった。

「いかがでしたか？　じゃあねえーっ！　つまり、何もわからないってことじゃないですかーっ！

一行目にそう書いておけー！　きーっ！」

「落ち着け、ケシー！　よくあることだ！」

とにかく、有力な情報は無いみたいだな。

ネットでの情報収集が一段落したところで、ピンポンというチャイムが鳴った。

妖精からYourTuberから大企業の社長まで、俺の家にはずいぶん色々な人間が集まって来るものだ。

そんなことを思いながら覗《のぞ》き窓を見てみると、そこには詩のぶが立っていた。

ガチャリと鍵を開けて、そのままノブを捻《ひね》る。

「詩のぶじゃねえか、どうした」

「あ……水樹《みずき》さん。お久しぶりです」

ペコリと頭を下げたパーカー姿の詩のぶは、手に紙袋を提げていた。

「あの……これ。以前のお礼ということで……」

「菓子折りか？　ちったあ礼儀ってもんがわかってきたようだな」

そんな軽口を叩《たた》きながら、俺は詩のぶから紙袋を受け取る。

どうやら、北海道名物の『白い片思い』だった。そういや、こっちに来たら食べてみようと思っていたのだが。色々ありすぎて忘れていた。

「ちょうど食べたかった奴《やつ》だ。ありがとな」

「い、いえ……あの、この前は色々と……本当にすみませんでした」

「あれから調子はどうだ？」

「ああと……色々ゴタゴタしてましたけど、なんとかやれてます。めっちゃ炎上しても、意外と何とかなるもんですね」

「殺されるわけじゃないからな。その年齢で、命さえあれば後は何とかなるって学べたのは……考えようによっちゃあ、結果的に人生プラスかもしれねえぞ」

「はあ、まあ……あの、本当にありがとうございました……」

そう言って、詩のぶはもう一度頭を下げた。

ついこの前に、アパートの前で罵声を浴びせ合ったとは思えないほどしおらしくなったものだ。

俺がそう思いたいだけかもしれないが、何となく成長したようにも見える。

「それじゃあ、菓子折りありがとうな。もうこれで十分だから、あんまり気を遣うなよ」

「あ、ぁの……」

「なんだ？　まだなんかあるか？」

「あの……その……」

詩のぶはなぜか息を呑んで、一度深呼吸をすると。

俺の目を見据えて、口を開いた。

「あの、付き合ってくれませんか？」

2

「……は？」

詩のぶの言葉の意味がわからず、俺はそう返してしまった。

「いやですから、付き合いませんか？」

「誰と？」

「水樹さんと」

「誰が？」

「わたしが」

「つまり、俺とお前が？」

「そこまで整理しないとわかりませんか？」

「そういうときもある」

一旦背筋を伸ばし、俺は状況の整理に努めてみた。

つまりはこういうことだ。俺こと水樹了介《りょうすけ》26歳の無職は、YourTuber：姫川詩のぶこと本名：田中しのぶ17歳の高校生に告白されている。なるほどなるほど。状況を冷静に俯瞰《ふかん》して見れば、わからないことが少しずつ明らかになっていく。論理的思考能力は人類最大の武器である。

「どこにカメラがある？」

俺はそう尋ねながら、首を振って周囲に視線を送った。

「カメラなんてありませんよ」

「これはアレだ。YourTube の撮影だな？」

「撮影じゃないですよ」

「『女子高生が無職に告白ドッキリ！　驚きの結末!?』みたいなタイトルで動画出すつもりなんだろ。わかってるんだぞ」

ドッキリを仕掛けられたのは人生初だが、我ながらよく気付いたものだ。俺は周到に練られた相手の策を見破ることができた心地の好い達成感を味わいながら、ニヤリと笑った。

一方の詩のぶは、パッツンにはならないギリギリの加減で切り揃《そろ》えられた前髪の奥から、俺にジトリとした目線を送っている。

「……普通に傷つくんですけど」

「ふん。お前に演技の才能があるとは思わなかったが、なかなかやるじゃないか。お昼のワイドショーで話題になるくらいには顔も整ってるんだし、役者でもいけるんじゃないのか……」

「…………」

「……えっと」

押し黙ってしまった詩のぶを前にして、俺は何となく圧迫感を感じる。

「そろそろ……『ドッキリでしたー！』みたいなの……無いの？」

「無いですけど」

「そうか」

なるほど。

どう考えてもドッキリであるわけだが、最後の〝テッテレー〟と『ドッキリでしたー！』が無いということは、これはドッキリではないということだな。

「…………」

「……」

「ドッキリじゃ……ないの？」

「ですから、そう言ってませんか？」

しばしの沈黙。年中無休で世界を前へ前へと動かしている世界の歯車のどこかが、メンテナンスか不具合によって機能を停止してしまったかのような雰囲気があった。俺はそんな沈黙の中で何を思考していたかというと、何も考えちゃいない。女子高生にマジで告白されて、思考停止しない方がどうかしている。

そんな微妙な空気の中で、先に切り出したのは詩のぶの方だった。

「それで、どうでしょう。付き合いませんか？」

「…………………いや、考え直せ」

三点リーダー六つ分の逡巡《しゅんじゅん》の中に、俺にどれほどの葛藤があったかはお察しだ。

「どうしてですか？」

「第一にだな、お前は高校生だな」

「そうですが」

「たしか……アレだ。これは犯罪チックなことになってしまうはずだ。大人と未成年が付き合うと、何らかの法律に抵触するはずだ。俺は犯罪者にはなりたくない」

「大丈夫ですよ、水樹さん。それは性交渉が発生した場合なので、結婚を前提としたプラトニックかつ清らかな交際の場合は、法律上の問題にはなりません」

「学校もろくに行ってないのに、そういうことには詳しいんだな」

「規約には詳しいので。YourTuber は規約命なので」

流石《さすが》は現役 YourTuber。

法と規約のスレスレ、ここまではギリギリＯＫのラインは主戦場か。

「法律が俺たちの交際を許したとしても、俺が許さん」

「どうしてですか？」

「そもそもだな。一体どうした？　いきなりどうしたんだ？　なぜ俺に交際を迫る？」

冷静を装って内心パニくっている俺は、大体同じ内容の質問を三回繰り返してしまう。

「普通に好きになったので、付き合えないかなと」

「いつ好きになる要素があった？」

「世の中の平均的な男女よりは、好きになるポイントは多かったと思いますよ」

いきなり家に押しかけたり、勢い余ってストーカー紛《まが》いになったり、その後にうっかり命やら何やらを助けてもらったことか。なるほど。たしかにポイントとしては多かったと言わざるをえない。ラブコメ並みにイベントが盛り沢山だったからな。

「わかった。お前の気持ちはわかった」

「わかってくれましたか？　それでは、付き合いましょう」

「いや、よく考え直せ。お前はおそらく、最近見舞われてしまった疾風怒濤《しっぷうどとう》のアップダウンの中で精神的にバランスを崩し、そこでうっかり吊《つ》り橋《ばし》効果ライクな感情に支配され、まあ色々あったかもしれない俺に対して好意を抱いたと勘違いしているだけだ。つまるところ、現状のお前は色んな意味で手持ち無沙汰で、ベッドで寝転がりながらスマホでも弄《いじ》ってる最中に妙な気持ちが膨れ上がり、やることもないから俺と付き合ってみようかという性質《たち》の悪い思い切りが発動してしまったにすぎない」

「小論文として提出できそうなレベルの断り方ですね」

俺だってパニくってるんだ。世の中には混乱するほど饒舌《じょうぜつ》になる人種というのが一定数いるが、俺は間違いなくそちら側だった。

「でも、恋愛ってそういうものじゃないですか？」

「急にこの世の本質みたいなところを突いてくるな」

「でも、考え直すのは水樹さんの方ですよ。いいですか？　社会人にもなっていきなり女子高生から告白されるなんて、なかなか無いですよ？」

「何もかも否定してもしょうがない。同意しよう」

「それに、わたしって結構可愛くないですか？」

「お前の未成年な自尊心を保護するため、同意しよう」

「それにわたし、こう見えて胸とかお尻とか、結構大きいんですよ」

「知らん。客観的な事実はさておき同意は控える」

「色々と、性癖にも寛容ですよ。薄い本とか読みますし」

「危険な匂いがしてきた。さようなら」

生涯戦績一戦一敗の俺は、元格闘家もどきの素早いバックステップで玄関へと戻り、ドアを閉めようとした。しかしその扉が閉ざされる直前、ガッとアビダスの白スニーカーが突き込まれて、閉鎖をブロックする。

グググ……と扉の隙間に指を滑り込ませた詩のぶは、恐怖のヤンデレ画像よろしく隙間から覗き込んで来た。

「もう一度言いますね。付き合ってください」

「ごめんなさい。考え直してください」

「わたしとしましては、交際が始まった暁にはお互いの性癖を暴露しあって、OKとNGを確認しあった方がいいと思うんですよ。そうしませんか？　その方が、後々のすれ違いが少ないと思いませんか？　わたし、男の人と彼氏彼女の関係になる時は、ずっとそうしたいと思ってたんですよ」

「ごめんなさい。交際を前提に話を進めないでください。予想以上な所まで進めないでください」

「ああ、なんかこういう所も好きです。わたし、今すっごい恋愛してるって感じがしてます。すっごくドキドキしてます」

「特殊すぎる。状況が特殊すぎる」

閉鎖しようとする扉を挟んだ攻防がしばらく続いてから、詩のぶは最後の提案を口にした。

「それではですね、こうしませんか？　もしもわたしが……」

3

後日。

心中落ち着かない俺の下に、一本の電話がかかってきた。

ＲＥＡの隊長、キャロルだ。

『ミズキリョウスケか？』

「この電話は俺以外出ないよ」

『これから、私のホテルに来い』

「ホテルに？　どうして」

『確認することがある。ホテルは……』

キャロルにホテルの名前と住所を聞いてから、俺はセラシオを走らせた。

彼女が宿泊するホテルは大守《おおもり》駅の近くに建つ、ここいらでは一番高いところだ。近くの駐車場に車を駐《と》めて歩くと、ホテルの前にキャロルが立っていた。

あの、中世ファンタジーのコスプレのような恰好で。

衆目を集めるには十分すぎる奇抜な服装……というか装備に、以前日本のTmitterで勝手に撮られた画像が百万リツミートを稼いだという、英国人なのに「現代のジャンヌダルク」と騒がれた顔立ち。通行人自体は少ないものの、その誰もが彼女の姿を無視できていない。

俺が歩いていく間、彼女は微動だにせずに立ちながら、俺のことをじっと待ち構えていた。

「遅いぞ、ミズキ。これからは私が連絡したら、十分以内に来るように」

「少なくとも二十分はくれ」

「二十分あれば余裕があるということは、十分で来られるということだ。歩け」

彼女に言われるままに前を歩き、頭に真っ赤な羽飾りを付けた中世騎士コスプレ少女と二人きりでエレベーターを昇り、彼女の指示に従って部屋まで辿《たど》り着く。

その移動の間、キャロルは一度も俺に背中を見せることはなく、俺が一方的に彼女によって背後を取られ続けていた。

ホテルの部屋には彼女一人で宿泊しているようで、私物と思われる物はキャリーバッグが一つと、テーブルの上に置かれたBapple製の薄型ノートパソコンのみだった。

「それで、確認することっていうのは？」

俺はそう尋ねた。

「ダンジョンについてか？　それとも、堀ノ宮が何か言い出したのか？」

「いいや。お前の確認だ」

キャロルはそう言うと、俺の目の前に立って手を伸ばし、とつぜん俺の身体《からだ》をベタベタと触り出した。

「なっ、なんだお前！　おい！」

「これしきで騒ぐな。落ち着け」

キャロルは表情を一切変えないまま、穴あきグローブのようになっている手甲が付いた手で、俺の胴回りや腕、腹筋や背中などをまさぐる。衣服の上から一通り触ると、今度はシャツの下へと手を伸ばそうとした。

「お、おい！　待てって！」

「必要なことだ。じっとしていろ」

服の下へと通された彼女の手は、俺の身体を直接指で触って撫《な》で回し、筋肉の一つ一つを確認するようにして入念に指腹でなぞる。奇妙でくすぐったい感覚に、俺はぶるりと震えた。

金髪碧眼《へきがん》にして鉄仮面の美少女が、俺の身体をベタベタと素手でまさぐり回しているのだ。しかしそこに、性的な雰囲気は皆無だった。どちらかといえば、これは医師がするような触診に近い。

「ふむ。ステータス通りか。筋力値は上げていないようだな」

「だ、だからどうしたんだよ」

「基礎能力値とステータス値との間に齟齬《そご》があると、緊急時に厄介だ」

キャロルの手が、俺の太ももに伸びた。彼女は俺の内腿《うちもも》や外腿を丹念に撫でると、上から圧をかけるように指を食い込ませて筋肉を揉《も》み込み、しゃがみ込んでふくらはぎも触る。

「敏捷《びんしょう》値もそのままだろうな。レベルを上げたことは？」

「一回だけだ。18から19に上げた」

「能力値は何に振った？」

「体力に三つだよ」

「格闘技の経験があるな？」

「大した経験ではないけどな」

キャロルはそれを聞くと、俺から視線を離さないまま、整然としたメイクがされたベッドを指差した。

「次はそこに座れ。私の方を向いてな」

「なあ……わざわざそうやって確認しなくても、最初から聞けばよかったじゃねえか」

「嘘《うそ》をつかれると面倒だ。筋力と敏捷くらいは、正確な所を知っておきたい」

「嘘なんてつかねえよ」

「つく奴もいる。ダンジョンの深部で万が一にも冒険者同士で戦うことになれば、そのようなステータス情報の齟齬が生死を分けることもある。座れ」

渋々ベッドに座ると、彼女は俺の股の間に膝を差し入れて、俺の顔を包み込むように両側から手を添えた。キスするような距離まで顔を近付けると、彼女はじっと俺の目を覗き込む。

「つ、次はなんだ……？」

「じっとしていろ。私の目を真っすぐ見据えろ。目を離すな」

吐息がかかる距離で、言われた通りに彼女の大きな瞳を見つめる。

クッキリとした二重瞼《ふたえまぶた》に、綺麗《きれい》な青色の虹彩《こうさい》。そのサファイアの瞳が急に黒色へと色を変えて、縦に凝縮すると、ヘビのような縦長の瞳に変化する。

「『龍鱗の瞳《スケイル・アイズ》』」

悪趣味なカラコンを付けているような蛇目に至近距離で見つめられて、俺は何となく冷や汗をかいた。ギョッとする……というより、俺の全てが見透かされているような感覚だ。

十数秒、そうしていただろうか。

彼女が俺の顔に添えていた手を離すと、瞳が元の状態に戻り、碧眼の輝きを取り戻す。

「もういいぞ。必要なことはわかった。今日は帰って良い」

「ま、待て待て。勝手に納得するな」

俺はベッドから立ち上がると、小柄なキャロルに詰め寄った。

「一体何をしたんだ？　一方的に俺だけがわけのわからんことをされるのは、フェアじゃあないんじゃないのか？」

「何かをしたわけではない。必要な情報を確認しただけだ」

「それなら、俺にだって情報が欲しいね。さっきの目は何なんだ？　というか、俺のステータスが事前にわかっていたような口ぶりだったよな。一体どういうことだ？」

「…………ミズキ」

キャロルはそう言うと、俺のことをじっと見つめた。

すると、俺はまるで蛇に睨まれたカエルのように、委縮して身体が強張《こわば》ってしまう。

ぐっ……！　俺よりも身体はずっと小さいっていうのに。中世騎士風のコスプレをした、ただの金髪の女の子だってのに。

なんて、威圧の雰囲気を出しやがる。

もしかすると、これが文字通りのレベルの差って奴なのか。それとも、何らかのスキルを使っているのか。

有無を言わせず、俺をこのまま追い出すつもりか？

くそっ。言いなりになってやっていれば、立場が上だと思って際限なく調子に乗りやがって……！　突然呼び出して、なんの説明も無しに人を玩具《おもちゃ》みたいにベタベタと触った挙句、用が済んだらサッサと帰れだと？

黙っていれば、最後までこいつに全ての主導権どころか、生殺与奪まで握られたままだ。

次に口を開いた瞬間に、この小娘にガツンと言ってくれる！　ああ言ってやるぞ！

イギリス最強の冒険者だか何だか知らないが、あまり舐めるなよ！

会社でだって上司にだって、俺はずっとそうやってきたんだ！

そう思っていると、キャロルはふと口を開いた。

「お前の言う通りだ」

「うるせえっ!!」

「えっ？」

「えっ？」

俺とキャロルは、二人で一瞬固まった。

数秒の気まずい沈黙があった後、微妙に動揺した様子のキャロルが、先に口を開く。

「…………作戦中の良好な信頼関係の構築のためにも、情報を交換したいと言いたいのだが……何か不満か？」

「え？　ああ……そうだな。そうだよな。うん。そう。そうだと思ったんだ」

「うるせえ、と……聞こえたのだが？」

「い、いや？　そんなことは言ってない……自動翻訳スキルが故障したんじゃないのか？」

「どうしてとつぜん……怒鳴ったのだ？」

「いや、俺は、その……『良いねえ！』と言ったんだ」

「本当に？」

「自動翻訳スキルの不具合じゃないのか？」

4

情報交換によって、俺はキャロルのステータス画面を覗くことを許された。
彼女のステータスは、以下の通りである。

＝＝＝＝＝＝＝＝＝＝＝＝＝＝＝＝＝＝＝＝

レベル48
ＨＰ19
ＭＰ5
筋力　36
体力　20
知力　19
知識　76
心力　15
敏捷　65
魅力　18

＝＝＝＝＝＝＝＝＝＝＝＝＝＝＝＝＝＝＝＝

「『知識』と『敏捷』の値が、めちゃくちゃ高くないか？」
キャロルのステータス画面を眺めながら、俺はそう尋ねた。

「私の主力能力値だ。『敏捷』はスキルの使用時に反応速度を加速《ブースト》し、超人的な戦闘行動を実現してくれる。専用のスキルを起動すれば、私は発砲された銃弾を避けたり、剣で弾《はじ》くことすらできる」

「凄い話だな」

「しかしそれ以外は最小限に抑えてあるから、一芸突破型の冒険者であるとも言えるな。足りない部分は、他のメンバーに補ってもらっているのだ」

「『知識』は何に使うんだ？　これにいたっては、76もあるぞ」

「『知識』の値は、解析《サーチ》スキルと相関関係にある。私の戦闘スタイルは、敵のステータスや弱点を割った上での先手必殺だ」

「解析《サーチ》？」

「私の主力スキルは『龍鱗の瞳《スケイル・アイズ》』。解析《サーチ》系のスキルだ」

＝＝＝＝＝＝＝＝＝＝＝＝＝＝＝＝＝＝＝＝

『龍鱗の瞳《スケイル・アイズ》』　ランクS　必要レベル??（固有《ユニーク》スキル）

解析《サーチ》系スキル

視界内の対象に集中することにより、『解析《サーチ》』を行う。

あなたは解析方法に基づいた解析情報を得る。

＝＝＝＝＝＝＝＝＝＝＝＝＝＝＝＝＝＝＝＝

キャロルが言うには、この『龍鱗の瞳《スケイル・アイズ》』によって得られる解析《サーチ》情報の結果と、『知識』の値が関係しているらしい。76というバカ高い『知識』の値を誇るキャロルは、これによって対象の基礎ステータスや弱点、さらには各種装甲の値を事前に割り出し、最適な戦闘プランを立てることができる。

「他に、戦闘時は近接物理と剣のスキルを複数回している。頭の装備はダンジョン産の『胸甲騎兵の兜《アルバート・ヘル》』。他の装備と合わせて『フルドレス』という相乗強化《シナジー・バフ》を得られるが、詳細は伏せさせて欲しい」

「どうも。色々とわけがわかったよ」

好き好んでそんなコスプレ風の衣装をしているわけではなく、実用的な装備だったわけか。しかし、日常生活からその装備というのはどういうことだろう。中高生が意味もなくサングラスをかけたがるような、ただのファッションだったら申し訳ないので、深くは突っ込まないが。

「先ほどは、移動中に背後から『解析《サーチ》』を行い、向き合った状態で再度『解析《サーチ》』をさせて貰《もら》った。併せて、お前のステータス情報とスキル構成を全て抜いたことになる」

「事前に説明は欲しかったが、まあ許そう」

「抵抗されるようであれば、ステータス情報だけを抜いたまま、この情報は伏せておくつもりだった。お前が協力的で全ての情報を得ることができたので、本依頼の円滑な遂行を優先し、私も情報を提供したにすぎない。もちろん、部外秘で頼む」

そう言いながらも、椅子にゆったりと座るキャロルの雰囲気はまるで、「もしもお前の口からこれくらいの情報が漏洩《ろうえい》したところで、我々の優位は揺るがない」とでも言いたげな、絶対的な自信に満ち溢《あふ》れていた。

「了解したよ」

「身体をベタベタと触って悪かったな。不快な思いをさせたようであれば謝るが」

「いや、それについては謝る必要は無い」

人によっては、というか、この世の大体の男にとってはご褒美だろう。

俺も今は緊張もほぐれて落ち着いたので、もう一回やってほしい。冗談だ。

「聞きたいのだが、その『スキルブック』というのはどういうスキルなのだ？」

「ああ。これについては、俺も不明な部分が多いんだが……」

俺は『スキルブック』を発動させると、キャロルに現在わかっていることを説明した。

それは、俺よりもずっとダンジョンについて詳しいはずのこの少女が、このスキルについて俺の気付かないようなことを助言してくれるかもしれないと思ったからだ。

「なるほど。必要レベルの踏み倒しが行える可能性のあるスキルということだな」

「そういうことなんだが、いまいち仕様がわからん。持ってるスキルもまだ多くないから、テストのために無駄遣いする気にもなれないし」

「運用方法によっては化ける可能性のある、面白そうなスキルではある。It would probably be more accurate to say……」

会話の途中で何の脈絡もなく、キャロルの言語が流暢《りゅうちょう》な英語に切り替わった。これが、彼女の言うところの翻訳スキルの不具合という奴だろうか。しかし彼女はそれに気付く様子はなく、そのまま続ける。

「その『スキルブック』……間違いなく、凶悪な悪用方法が存在するスキルだろう。私としては、非常に興味がある」

「本当か？」

キャロルの返答を聞いて、俺は嬉《うれ》しくなった。

堀ノ宮に脅される形で参加させられたとはいえ、ＲＥＡのような精鋭パーティーと共にダンジョンに潜るのは、俺にとっては願ってもないチャンス。この機会に『スキルブック』の実地試験を重ね、仕様や使い方の詳細を明らかにすることができれば……今後の身の振り方が、もっと明確になるだろう。俺にはとても手に負えないスキルだと判明すれば、彼女を通じて言い値で、しかも安全に売却することができるかもしれない。

その辺りについても色々と話し合って擦り合わせた後、キャロルはふと息をついた。

「しかし現状のお前では、我々の戦力にはなりそうにないな」

まあ、英国最強と称される冒険者パーティーと比べられてしまったらな。ダンジョン産の装備も何もない、せいぜいあと六回ほど本から火が噴けるだけの俺では、戦力外通告を受けても仕方がない。

「だが、オオモリ・ダンジョンの浅層をかなり歩き回ったことがあるのだな？」

「ちょっと、諸事情によりな」

「であれば、ナビゲーターとしてはいくらか役に立つだろう。戦闘は全て我々に任せて、お前は案内人に徹してくれ」

「了解。そうさせてもらうよ」

俺がそう言うと、キャロルはガチャリという金属音を立てて、椅子から立ち上がった。

「それではな、ミズキ。まあ、お前にとってはただ我々に付いて来て、ダンジョンを散歩するだけの簡単な依頼になるだろうが。せいぜい我々の邪魔だけはしないように」

ぐっ……。

こいつ、礼儀正しいし話がわかるように見えて、所々トゲがあるな……。

しかしこれも、彼女の芯の部分を構成する絶対的な自信の、素直な表れなのだろうか。それはどちらかと言えば、俺のことを上から目線で積極的に貶《おとし》めたいというよりは……率直に思ったままのことを、減らしも増やしもせずにハッキリと口にしているような感じがある。つまりは、そういう奴なのだろう。

「まあ、わかったよ。英国最強の冒険者パーティーとやら、せいぜい勉強させてもらうぜ」

「我がREAは、期待を裏切らないだろう」

俺とキャロルは、そう言って握手を交わした。

手を握り合ってみれば、金属製の手甲に包まれた彼女の手のひらというのは、華奢《きゃしゃ》で柔らかい少女のそれだった。

◆◆◆◆◆◆

ホテルの部屋から出ると、通路の壁に屈強な男たちが背中を預けて並んでいる。

こんなに暑苦しくて嫌すぎる出迎え方をされたのは初めてだ。

「ひよっこ冒険者の癖に、ボスとお楽しみだったのかい？」

「ふん。せいぜい、ダンジョンで足を引っ張らないようにしてくれよ」

「“You're such a sissy. Bring it.”」

「母さんのアップルパイでも食べてな、少年」

「“Hey, you're super cute. If you are not busy, would you like to have some drinks in my room tonight?”」

構わずに暑苦しい通路を抜けると、左右からそんな声が投げかけられた。

無視して通り過ぎるが、キャロルの言うところの『自動翻訳』スキルを持っていない奴もいるのだろう。所々英語が聞こえてきたが、ネイティブの速度では何を言っているのかはわからん。良くないことを言われているのは確かだろうがな。

あとはアメリカン……というか外国っぽい罵り方は、翻訳されても日本人にはさほどダメージが無いように思える。文化の違いだろうか。

エレベーターを降りてホテルを出ると、駐車場に愛車を迎えに行った。エンジンをかけて、家に戻るためにアクセルを踏み込む前に、スマホを確認してみる。

………Lain の通知が溜《た》まっていた。

俺はスマホの通知というのを放置するのが許せないタイプなのでマメに確認するし、人のスマホをちらりと見て数百件単位の通知が放置されていたら発狂しそうになるのだが……。今回ばかりは、その二十数件の通知を開こうとする指が止まった。

最終通知は、詩のぶの「なにしてますか？」だった。電話の着信もある。

迷ったが、「後回しにしない」の精神を発動させて、俺は折り返しの電話をかけた。

ワンコール未満で電話が繋《つな》がる。

『あっ、どうも。詩のぶです』

「ああ、どうした？」

『どうしたって、水樹さんの方からかけてきたんじゃないですか』

「てめえの着信に折り返したんだよ」

クスクス、と電話口から詩のぶの笑い声が聞こえる。

『いえ。いま何してるのかな、と思って』

「今は……色々だ。話せないこともある」

『そうですよね。冒険者ですもんね』

「………」

一瞬の沈黙が挿し込まれてから、俺が口を開く。

「なあ、詩のぶ。好いてくれるのは嬉しいのだが……まあ、あれだ。お前はまだ高校生だからな。吊り橋効果やら何やらで、脳の恋愛を司《つかさど》る部分が過熱しているだけだと思うぞ。YourTubeも謹慎中でやることが無いだろうし、そういう年頃だからな」

『わたしは本気ですよ』

「それは嬉しいが、とりあえずは学校に行け。それからだ」

『わかりました。停学が解けたら、ちゃんと学校に行きます』

「そうしてくれ」

『ちゃんと学校に行ったら、付き合ってくれますか？』

「いや、そういうことじゃない。ただ学校には行け」

『フェアじゃありませんね』

「そういう問題じゃない」

クスクス、とまた笑い声が聞こえた。

『ねえ、水樹さん？』

「なんだ？」

『わたし、重いかもしれないので。あんまり気にしないでくださいね』

「お前のストーカー気質はわりと怖いから、自分の方で抑えてくれ」

『善処しますよ。それとですね、約束の方も覚えておいてくださいね』

「俺はまだ同意したわけじゃない」

『わたしが冒険者資格を取ったら、付き合ってくださいね。約束ですよ』

「因果関係が不明だ」

通話を切った。

アクセルを踏み込んで、車を動かす。カーラジオからは、日本で休みなく所かまわず頻発している事件やニュースの内容が流れている。

『……北海道大守市の銀行の金庫が深夜のうちに何者かに襲われ、数百万円の現金が奪われた事件を受け……警察では特殊なスキルを有した者の犯行であるとの見方で捜査を……』

5

以降もR・E・A《ロイヤル・エグゼクティブ・アームズ》の面子《メンツ》とのミーティングが重ねられ、ついにオオモリ・ダンジョンへ潜る前日となった。

俺はREAのキャロルと共に、大守市の警察署に出向いている。

この警察署に、ダンジョンに持ち込むための火器や武装を一時保管して、管理してもらっているのだ。保管してもらっている武装をダンジョンへと運ぶ際は、警察の監視の下、ここから警察車両に乗って厳重に移動することになるらしい。この管理と搬出には事前の予約とスケジューリングが必要で、本来であれば大守市はこういった制度にまだ対応していないのだが、どうやら堀ノ宮が働きかけたらしい。

銃器を保管する施設の中で、数人の警察官に監視されたまま、俺はキャロルから当日に携行する武装の説明を受けていた。

「この拳銃はＭ１９１１、日本人が言うところのコルトガバメントだ」

そう言って、キャロルは俺に拳銃を渡した。

銃身が引かれた状態で、マガジンは入っていない。実弾とマガジンは、銃本体とはまた別の場所で管理されているらしい。

「ダンジョン内では、お前にこの拳銃を携行してもらう。本当であればマガジンと実砲を使用してレクチャーしておきたいのだが、仕方ない。大体の使い方はわかるだろう？」

「まあ、大体は」

「心配しなくても、お前がこれを使う機会は訪れない。お前がこれを発砲するときは、全員死ぬときだ」

マガジンが入っていないせいか、初めて手に取った拳銃は予想以上に軽かった。

「俺はミリオタじゃないんだが、この拳銃が相当古いものだってことはわかるぜ」

「ゆえに信頼性も高い」

「それにしたって、もっと最新の銃を使うと思ってたよ。グロックとかさ」

「小口径の弾丸では、ゴブリンすら止められない。その点、このガバメントは口径の大きい.45ＡＣＰ弾が使用できる。それにこの拳銃は、正確にはコルトガバメントではない」

「ガバメントじゃない？　じゃあ何でそう言ったんだ？」

「その方がわかりやすいと思っただけだ。これはダンジョン探索のためにＭ１９１１をベースにして開発された、冒険者専用のカスタムモデル。Ｍ１９１１とは取り扱い方が微妙に異なるから、ネットで使い方を調べないように。私が教えることだけを覚えてくれ」

「そういうことか」

しかし欲を言えば、拳銃ではなく小銃《アサルトライフル》や散弾銃《ショットガン》を持たせてほしかった。俺が何となく納得できていない雰囲気を醸し出していると、その心中を見透かした様子のキャロルが、俺のことを安心させるように微笑《ほほえ》む。

「心配しなくても、メインの武器が拳銃なのはお前だけだ。ＲＥＡの前衛《アサルト》は小銃や散弾銃で武装している」

「キャロルも銃を使うのか？」

「緊急時用に一丁は携行するが、銃は私のスキル構成には合わない。メインの武器は他にある」

それから、マガジンが無い状態でキャロルから銃器の取り扱いをレクチャーしてもらった。実際の弾が入っていないとはいえ、実銃を持って構えたりしてみると、俺の中の少年心が浮き立ってしまう。一通りを教えてもらった後で、キャロルが別の装備を手にした。

「こちらはケプラー繊維の防刃ベスト。こっちは鉄帽《ヘルメット》と暗視ゴーグルだ。どれも当日に着込んでもらう。最後はコンバットブーツ。ホリノミヤがお前の足に合わせて数種類取り寄せてくれたらしいから、ここで合わせておけ」

渡された五種類ほどのブーツを全て試して、一番しっくりきたものを選んだ。

防刃ベストを着てみると、思ったよりも軽くて動きやすいが、その薄さと軽量さが逆に俺を不安にさせる。

「着心地は悪くないが、こんなに薄くて大丈夫なのか？」

「もちろん、大丈夫ではない」

「なんだって？」

「だが、より強度の高い金属製の防刃ベストでは、機動力が損なわれる。お前がモンスターと交戦しなくてはならないような状況では、戦うよりも逃げた方が遥《はる》かに得策だ。逃げられない場合は、そもそも助からないだろう。それはあくまで気休めだと思え」

◆◆◆◆◆◆

警察署を後にすると、キャロルは自分のチームの車両に乗り込もうとした。

「それではな、ミズキ。明日は事前にミーティングをした通りだ。メールで送った資料にも、よく目を通しておけ」

「キャロル、一つ良いか？」

「なんだ？」

俺はキャロルの方に歩み寄ると、彼女に対面して、気持ち声を抑えめで話す。

「実は、一つ共有しておきたい情報があるんだ」

「何についてだ？　お前が未確認のドラゴンと遭遇したという話は、すでに聞いたが」

「堀ノ宮について。一つ、気になる情報がある。できればお前とだけ共有しておきたい」

「私とだけ？」

キャロルが首を傾《かし》げた。

俺は彼女を待っている大型の車両をちらりと一瞥《いちべつ》してから、彼女に向き直る。

「お前のチームメイトには、俺のことをよく思ってない奴も多い。話がこじれるかもしれない」

「どういう種類の情報なんだ？」

「それについては追って説明したい。微妙に複雑な話なんだ。心配のしすぎかもしれないが、お前がどう思うのか聞いておきたい」

キャロルはそれを聞いて、一瞬だけ考え込むと、背後で待機していた車両に何らかの合図を送った。

「よし、それでは話を聞こう。しかし私は腹が減ったから、どこか料理屋で頼む」

キャロルをセラシオの助手席に乗せて、駅前の方まで車を走らせた。

「何か食べたい物はあるか？」

「日本はラーメンが美味《おい》しいと聞いた」

「それにしよう」

駅前の家系のラーメン屋に車を駐めて、キャロルと一緒に入店する。やたらクオリティの高いコスプレ衣装に身を包んだキャロルの姿を見て、店内に居た客や店員はギョッとした様子だ。

食券を買ってからテーブル席に座ると、俺は鞄《かばん》からタブレットを取り出して、彼女に画面を見せた。

「これは？」

「堀ノ宮の大量保有報告書だ」

「たいりょうほゆうほうこくしょ？」

「堀ノ宮はホリミヤグループの社長であると同時に、グループの筆頭株主でもある。そういった大口の株主は、株の売買を金融庁に報告しなければならない義務があるんだ。これは小口の投資家を保護するための……」

「ま、待て」

俺がタブレットの画面を見せながら、早口で説明していると。

キャロルは手を前に差し出して、「ストップ」の合図をした。

「何を言っているのか……わからない」

「えっと？　だから、この資料は……」

「ミズキは、たしか証券会社に勤めていたんだな？」

「ああ、そうだ」

「だから、お前はそういう方面には強いのかもしれないな。しかし私は、ダンジョンの攻略については詳しいが……まだ16歳だ」

キャロルは困り顔でそう言うと、華奢な肩をもじもじとさせる。

「そういう難しい話は……もう少し噛《か》み砕いてくれないと、わからない」

「……あー……」

俺はそんな声を漏らした。そうだった。

常に背筋をピシッと伸ばして、理路整然と喋《しゃべ》るものだから忘れていたが……こいつは英国最強の冒険者パーティーの隊長である以前に、ただの女の子だ。

あまりにも毅然《きぜん》としているものだから、同世代のビジネスパートナー、何なら仕事上の上司みたいに接してしまっていた。

「つまりだな。この報告書を分析すれば、堀ノ宮の大体の金の動きがわかるんだ」

「なるほど。それで？」

「一応、職業病もあって調べてみたんだが……これが、ちょっと怪しい動きをしていてな」

堀ノ宮は三年前から、自分の保有する株を担保にしてメガバンク各社から金を借り続けている。その借り入れ額は年々増加しており、さらには株の売却も組み合わせながら巨額の資金調達を行っていた。

「大企業の社長というのは、そういうものではないのか？」

「そういう見方もできる。俺たちとは使う額も、使い道も違うわけだからな。だがよくよく分析してみれば、どうやら資金繰りは徐々に悪化しているように見える」

堀ノ宮の大量保有報告書からは、明らかに株のやり繰りに苦心して担保余力を操作した形跡が見て取れた。普通ならまずしないような操作を繰り返し、裏で動き回って何とか凌《しの》いだのではないかと思われるような月もあるほどだ。

これにはとある海外事業との連携に失敗したことで、ホリミヤグループの株価が一時期創業以来の急落を見せた時期が絡むのだが、その辺りはキャロルには説明しない。話が煩雑になるばかりだからだ。

「つまり堀ノ宮は……実はお金が無い、と言いたいのか？」

「俺たちの考えるような金が無いって状況とはちょっと違うが……もしかしたら、危ない可能性もある。何かアクシデントが起こった瞬間に、担保で預けている株が全て溶けて、一気に破産するような。ギリギリの状況なのかもしれない」

「なぜ、そんなに金が必要なのだ？　お金なら、有り余るほどあるだろう」

「資金調達が始まったのは三年前だ。奴がダンジョンの探索を始めたらしいのも三年前。つまり奴は、俺たちのような冒険者を雇って探索させるために……世界中で金を湯水のように使っている可能性がある。自分の許容範囲を超えてな」

「一体どうしてだ？　将来の不安を取り除くためならば、それほど焦る必要はあるまい」

「もしかしたら……誰にも打ち明けていないだけで、本当は重篤な病を抱えているのかも」

「…………」

キャロルは押し黙って、何かを考え込んでいるようだった。

注文していたラーメンが届いて、キャロルが箸を取る。黒い海苔《のり》が二枚載った、スープに油膜が張る濃厚なラーメンをまじまじと見て、キャロルは俺に尋ねる。

「どうやって食べれば良いのだ？」

「好きに食えばいいさ」

「そこに並んでるのは？」

「白胡椒《こしょう》、黒胡椒、ニンニク、しょうがだな」

俺がパッパと胡椒を振りかけて生ニンニクを少し混ぜると、キャロルもそれを真似した。

箸の使い方がお世辞にも上手《うま》いとはいえないキャロルと、二人でラーメンを食べる。

「美味《うま》い。とても濃厚だな」

「それは良かった」

「ホリノミヤの件だが、担当者に聞いてみよう」

「そうしてくれ。もしかしたら、命を懸けて探索したところで……バックレをかまされることになりかねない」

「しかし、ホリノミヤが危ないかもしれないというのは……今日明日に破産する、という話ではないのだろう？」

「まあ、そうだとは思うが。そもそも推測にすぎないしな」

「おそらくは心配ないだろう。私もそういった報酬の不払いは経験がある。その時には、お前の分までキッチリ取り立ててくれる。そこは安心して、明日の探索に集中すると良い」

◆◆◆◆◆◆

そんなややスケールの大きな話をキャロルと交わした後。

家賃激安の小さなアパートへと帰宅すると、玄関前には詩のぶがしゃがみ込んでいた。

階段を上ってきてそれを発見した俺は、思わず「げっ」という顔をしてしまう。別に詩のぶのことが嫌いなわけではない。しかし人間誰だって、思いもよらぬタイミングで女子高生が待ち構えていたら、適切なリアクションを取るのは難しいのだ。

一方の詩のぶは、帰宅してきた俺のことを発見すると、「おっ！」という顔をして立ち上がった。その俊敏かつしなやかな動きは、なんとなく猫科の動物を思わせる。

「水樹さん！　どうも、お帰りなさい！」

「いやいやいや。おかしいでしょ」

「何がおかしいんですか？」

「いや、なんで家の前に居るの？」

「コンビニ行った帰りに、ふと寄ってみたら不在だったので」

そう言って、詩のぶはコンビニのレジ袋を見せつける。

「それで、どうしたの？」

「待ってみました」

「どれくらい待ってたの？」

「だいたい……一時間くらいですかね？」

「ストーカーなの？」

「水樹さんって、スムーズに人を傷つけるところありますよね」

「すまん。言い方が悪かった」

俺は無遠慮な言い方を素直に謝ると、玄関前で詩のぶに尋ねる。

「それで、何しに来たの？」

「普通に、会いに来たんですけど」

「そうか……ご苦労」

「ご苦労じゃないです？」

俺もそう思うが、玄関前で自分のことを特に用事もなく一時間待っていた女子高生に対してかけるべき、適切なねぎらいの言葉を俺は知らない。

「そういえば。わたしがコンビニで何買ってきたか、気になりません？」

「いや、特に気にならないな」

「気になった方が良いですよ」

「わかった。聞こう。何を買ったんだ？」

どうせプリンか何かだろうが。

「ゴムです。一番薄いやつ」

聞かなきゃよかった。

「帰りなさい、詩のぶ。ゴー・ホームだ」

「わたしですね、思うんですよ。とりあえず一回してみれば、話早くないです？　わたし、水樹さんのこと、虜《とりこ》にできる自信ありますよ」

「実際そうかもしれないが、帰りなさい。ゴー・ホームだ」

詩のぶの肩を摑《つか》み、俺は退去を願った。

「水樹さーん？　もうちょっと考えません？　わたし、わりとマジで水樹さんのこと好きなんですよ。もう、家に居たら水樹さんのことばっかり考えちゃって。めっちゃ興奮します」

「最後に何か交じってるぞ」

「わたし、わりと本当に絶対に逃がしたくないと思ってますよ。ね？　こんな良い相手いないですよ？　一回付き合ってみません？　お試し的な感じで」

「トライアル期間は必要ありません」

「まあ、一度使用したら返品不可能ですけどね？」

「それはお試しと言わないのだ」

「えっ。もしかして水樹さん、わたしをお試し感覚で抱こうとしてたんですか？　いつでも返品できるからいいやの気分で、気軽に使用済みにしようとしてたんですか？」

「お前が言い出したんだろ」

「あー。わたし一時間も待ったのになー。珈琲《コーヒー》の一杯も出してくれないんだなー。ちょっと家に上げてくれたって良いと思うのになー」

「俺のせいじゃない」

「ドライブでも良いのになー。ちょっと車に乗せてくれてもいいのになー。水樹さんの車、けっこうカッコいいと思うのになー」

「えっ？　本当にそう思う？」

いきなり愛車のセラシオを褒められて、俺はいきなり嬉しくなった。

男の子はいつだって、自分のことをテキトーに褒められるよりも、自分の車やコレクションのことをテキトーに褒められる方が何百倍も嬉しいものなのだ。

「思いますよ？」

「ありがとう。それは普通に嬉しい」

少しでも汚れがついたら、念入りかつ定期的に洗車してるからな。

「それじゃあ、ドライブに連れてってくれます？」

「……まあ、ちょっとなら」

「やった」

「しかしドライブっつったって、どこに行くつもりだ？」

「ホテルとか？」

「ゴー・ホームだ」

「うわー、最後にミスりましたー。今の無しでー」

喚《わめ》く詩のぶを押し出し、帰宅を願う。

日本有数の実業家。

英国最強の冒険者パーティー。

彼らと共に巨大なミッションに臨もうとする俺の日常は、そんな感じだった。

明日はついに、オオモリ・ダンジョンへの探索決行日である。
しかしそれが、あのような結末になろうとは。
この時点では、俺とキャロルだけではなく……堀ノ宮も、誰も。
知らなかったわけである。

8章　生まれ持っていない天性のナビゲーションスキル

Modern dungeon strategy starting with broken skill

1

オオモリ・ダンジョンを管理するための施設は、着々と工事が進められている。

周囲には建物の外枠を構築するための鉄骨が立ち上がり、その姿を見るだけで、完成後のおおよその雰囲気が摑《つか》めるようだった。

堀ノ宮《ほりのみや》が率いるREAと俺は、数台の警察車両と近隣の駐屯地から出動してきた自衛隊車両、及び各々の人員に囲まれながら、その工事中の建物の内部で、ダンジョン侵入のための準備をしている。

キャロルのチームメンバーである数人の男たちが、ラフな恰好《かっこう》の上に映画でしか見ないようなチョッキや火器を身に着けて武装していた。最低限の準備を終えた後は空の火器に触れてはならず、ダンジョン内に入るまで装弾してもいけない。持ち込む実弾の数は一発単位で厳しく管理されており、申請した以上の弾数を持ち込むことは許されていないという。

「水樹《みずき》了介《りょうすけ》。拳銃一丁。持ち込み弾数二十一発。マガジン三つ」

冒険者資格の証明カードを確認してもらいながら、小銃を提げる自衛隊員から拳銃を受け取り、空のままでホルダーに差した。

受け取る際に、余計な動作をすることは許されない。弾の入っていない拳銃がホルダーに収まっていることを確認してもらうと、今度は空のマガジンを三つ渡される。その後に二十一発分の弾薬があることを互いに確認して、担当の自衛隊員に目の前で監視されながら、一発ずつマガジンの中に弾を詰めていく。

そこで初めてマガジンと実弾に触ったもので、うまく弾を込めることができなかった。俺がもたついていると、近くに居た階級が高いらしい自衛官が近寄って来て、弾を込めるのを手伝ってくれる。

「銃を触ったことがないのかい？」

一緒に弾を込めながら、手伝ってくれている自衛官が俺にそう聞いた。

三十代半ばと思われる彼の襟元の階級章は、一つ星の下に太い横線が二本引かれたものだ。おそらく偉いのだろうが、俺には自衛隊の階級はよくわからん。

「僕は、彼らの案内人でして。銃を撃つ予定すらないんですよ」

「撃たなくていいなら、撃たないに越したことはないな」

そう言って笑顔を見せた彼は、弾を込めたマガジンをチョッキに仕舞うところまで手伝ってくれる。マガジンを入れる場所は色々とあったのだが、彼が三つのマガジンを全て、俺の左の腰辺りのホルダーに集中させた。

「右利きだね？」

「はい」

「なら、きっとこれでいい」

彼はポンポンと俺の背中を叩《たた》くと、もう心配ないと思ったのか、どこかに歩き去ろうとする。

「あの、ありがとうございました」

「いいのさ。気を付けて」

「ええと、お名前は？」

俺は一応、そう聞いておいた。

彼は濃緑をした軍帽の鍔《つば》を引いて目深に被《かぶ》ると、口元をニヤリと歪《ゆが》めた。

「第11旅団司令部、火又《ひまた》三佐だ」

それから。

他の連中とは違って準備の少なかった俺は、すぐに手持ち無沙汰になった。

そこで、チョッキのマガジンポケットの一つに入ってもらっているケシーに、頭の中で言葉を呟《つぶや》いてみる。

――……ああと、ケシー？　聞こえているか？

『聞こえてますよー！　ズッキーさん！』

――よし、これでいいみたいだな。

今回ケシーには、他の者には秘密でポケットの中に入ってもらっていた。

正直に言って、一度はいいだけ歩き回ったこのダンジョンといえども……実際のナビゲーションは、ほとんどこいつ頼みだ。というか、俺が歩き回ったのって発生直後の変動中だからな。案内人と言っても、ほとんど何も知らないに等しい。

ポケットの中で俺とREAにこっそりと同行してくれるケシーは、この作戦中は常にテレパシーをONにして俺の思考を読み取り、脳内でいつでも会話ができるようにしてくれている。俺は他の連中の準備を待っている間、口には出さずに頭の中だけでケシーと話す練習も兼ねて、いくらか彼女と話してみた。

――それじゃあ頼んだぜ、ケシー。

『あいあいさー！　ですよ！』

――上手《うま》くいったら、『木曜どうでしょう』のDVDボックス買ってやるからな。

『やったー！　一緒に見ましょうねー！』

◆◆◆◆◆◆

今回、ダンジョンに侵入するのはREAから五名、俺を含めると計六名だった。

キャロルを除く四名は、それぞれが小銃か散弾銃で武装し、身に着けたチョッキの前に複数の弾薬を挿している。一人だけ装備の雰囲気がまるっきり違う人が居るのだが、彼は救護の役割を担っている衛生兵らしい。

そして、彼らの中央に立つのはキャロル。

中世の騎士めいた甲冑《かっちゅう》を身に纏《まと》い、頭には赤い羽根飾りのついた金属帽を被った金髪の少女。その手には、小銃でも散弾銃でも拳銃でもなく、鍔が左右に伸びた古風な両刃剣が一本だけ握られている。

ミーティングで知ったことだが、彼女は16歳ゆえに日本でも英国でも冒険者としての資格を有しておらず、あくまで手続き上は、他の有資格者の同伴保護下でダンジョンに入る一般人という扱いになっているらしい。

ダンジョン侵入予定時間の直前、準備が整った様子の俺たちに、堀ノ宮が近づいてきた。

「それでは、頼みました」

「ええ、ご心配なく。ただし」

そう言ってから、キャロルは堀ノ宮に、鋭い視線を返す。

「このオオモリ・ダンジョンを完全に攻略したとしても、お目当ての品が手に入るとは限りませんので」

キャロルがそう返すと、堀ノ宮はいつも湛えている微笑が若干崩れて、どこか焦ったような顔つきになる。

「わかっています……ですが、きっと手に入ると、信じています」

「信じるのは勝手ですが、我々は手に入った物を提出するだけです。そういった契約ですから」

キャロルが簡潔にそう返した。

ＲＥＡのような職業冒険者パーティーは、企業や大資産家と契約し、彼らの支援下でダンジョンを探索する。ダンジョン資源の希少性と高額さを考えてみれば、何もそういったパトロンを通じずに、自分たちだけで探索して拾得物を売り捌《さば》けば良いと考える人もいるだろう。

しかし、ダンジョンを探索したからといって必ずしも有用な資源が見つかるとは限らないし、REAほどの規模になれば、一度の探索にかかる準備費用はかなりのものになる。一度の探索でその費用がペイできるとは限らないし、そもそもダンジョンを巡る複雑な法制度の中では、円滑な探索決行のために企業や有力者とのコネクションが欠かせない。

そういった事情もあり、REAのような冒険者パーティーは企業や資産家と契約して、彼らの代理としてダンジョンを探索することにより相応の報酬を受け取るのだ。拾得物のほとんどを依頼主に譲る代わりに、彼らは探索結果の如何《いかん》に拘《かか》わらず、一定の報酬を約束されている。そして今回のように、依頼主が特別に欲しているアイテムを見つけた場合には、相応の特別報酬を受け取るように契約する。

堀ノ宮は俺にも声をかけて来た。

「それでは、頼みましたよ。水樹さん」

「ええと……まあ、彼女が言った通りですよ」

「きっと、手に入ります。そうでないと困ります」

堀ノ宮は、どこか追い詰められたようにそう言った。

「これが……ラストチャンスかもしれないのですから」

「えっと？　どういう……」

俺が聞き返そうとすると、やかましい警笛の音が鳴り響き、部外者がダンジョン入り口に近づくことを禁止された。周囲を囲む自衛隊員たちが銃を構えて、ありったけの火器で武装している俺たちの警戒にあたる。

警察官が、書面の文章を読み上げた。

「…………10時30分、有資格者ＲＥＡの四名及び水樹了介、その随伴者キャロル・ミドルトン。オオモリ・ダンジョンへの侵入を、開始してください！」

2

ダンジョンを攻略する冒険者パーティーといえば、俺のようなそこそこゲームも漫画もアニメも嗜《たしな》んできた平均的な日本人であれば、戦線を切り開く剣士や彼をサポートする魔法使い、後衛から的確にダメージを稼ぐ弓使いに怪我《けが》を癒す神官など、ジャパンＲＰＧよろしくの典型的な光景を想像することだろう。

しかし今日の日本において、本物の職業冒険者パーティーのダンジョン攻略というのは、そんな胸躍るようなファンタジーな代物では全然なかった。

「ゴブッ！　ゴゴブッ！」

通路の奥の陰から躍り出て来たゴブリンが、アサルトライフルのバースト射撃によって一瞬にして撃ち殺される。

前衛の二名がアサルトライフルと散弾銃の銃口を常に前方へと向けており、彼らは進行方向にモンスターが現れた瞬間に、威嚇も警告も無しで的確に射殺していく。

前衛の後ろには剣を握ったキャロルと救護担当の小銃持ちが、突発的なアクシデントが発生しても一瞬にして役割を交代できるように準備されている。

最後尾ではひと際体格の大きな一名が常に背後を警戒しており、前衛のメンバーをよほど信頼しているのか、たとえ銃声が響いたとしても後方の警戒を一瞬たりとも解除しない。彼は誰かの火器に故障が発生した際にいつでも武器を交換できるように、背中に余剰の装備を背負っていた。予備の弾薬も彼に集約されている。

俺の位置はというと、その後方を警戒してくれているガタイの良い後衛さんの、少しだけ前という感じだった。しかも連係を阻害しないために、できるだけ端の方を歩かされている。

「REAのダンジョン攻略は如何《いかが》かな？」

キャロルがそう尋ねた。

「冒険者ってよりは、特殊部隊って感じだな」

「そう見えるだろうが、これはまだ探索形態の一つにすぎない」

「探索形態？」

「まあ、見ていればわかる。ところで、深部へはここからどう進めばいいかな」

「あー……」

キャロルにそう聞かれて、俺は頭の中でケシーに呼びかける。

――ケシー！　起きてるかー！

『そりゃ起きてますよー！』

――どっちに向かえばいい？　お前、わかるか？

『深い方に向かっていきたいんですよね？　それならアッチでーす！』

――……アッチじゃわからん！

俺の思考を読み取っているケシーと頭の中でやり取りしていると、キャロルが振り向いた。

「どうした、ミズキ。どちらへ向かえばいい」

「あ、あーっとね！　わかる！　わかるんだけどね！」

「なら、早く教えろ。そのために来ているのだろう」

「えーっとねー！」

ふたたび頭を切り替えて、脳内だけで言葉を話そうとする。こいつはなかなか慣れない。頭の中で考えていることを明確な文章にするためには、コツがいる。

――ケシー！　わかるように教えてくれ！

『もう送ってるんですけどー！　わかりませんかー!?』

――えっ？　どういうこと？

そこで俺は、何となくの方角が頭の中に浮かんできたように感じた。

それは、全く知らないわけではないけど地理まではわからない土地で……何となくあっちの方に、こういうのがあったような気がする……みたいな、頼りなくもふわふわとした、朧《おぼろ》げな土地勘のような感覚として現れる。

「あー！　あっちの方だ！　うん！　だから、その分かれ道は右！」

「……わかった、こっちか。しかしどうした、ミズキ。緊張でもしているのか？」

「あ、ああ……そうだな。ちょっと不慣れなもんで」

頭の中で、服の中に隠れている妖精から指示を貰《もら》うことがな。

しかし……よくよく考えてみれば。俺はダンジョンに関わった当初から、このケシーに頼りっぱなしだ。別に積極的に依存していたというわけではないのだが、要所要所でこいつが居ないとどうしようもなくなっていた状況を、こいつが上手いこと調整してくれることを当たり前のように感じてしまっていたのかもしれない。

これは、今回の依頼が終わったら色々とお礼をしなくちゃいけないな、と俺は思った。

『全部聞こえてますよー！』

あと、俺の思考とナチュラルに会話しないでくれ。びっくりするから。新感覚だな。

◆◆◆◆◆◆

俺のポケットの中で常時テレパシーONモードになっているケシーの誘導により、俺がナビゲーターを務めるREAは、すぐに深層入り口への到達を果たした。なんというか、本当にあっという間に到達してしまった。

えっ？　こんなすぐに浅層……いわゆるステージ1終わったの？っていう感じだ。

実際この速度はかなり異常な速さのようで、キャロルをはじめとして他の四名も、驚きを隠せないようである。

「これほど早く、到達してしまうとは……」

目を怪訝《けげん》に細めているキャロルが、そう呟く。

「つまり、一度も順路選択を間違えなかったということか」

「浅層のボスクリーチャーとも遭遇しなかった。最適最短の順路だったというわけだな」

「驚異的なナビだ。ダンジョン構造の自動遷移も計算に入っている」

キャロルは自分のパーティーメンバーとそんなことを話し合うと、俺の方にツカツカと歩み寄った。

「ミズキ。決めたぞ」

「えっ。何を？」

「この任務が終わったら、お前は我がＲＥＡに来い。レギュラーの探索ナビゲーターとして、言い値で雇おう」

「お、俺を？」

「もちろん。一度徘徊《はいかい》しただけのダンジョンの構造を正確に記録し、時間経過による変動も計算に入れて誘導してくれたのだろう？」

いや、違う。

俺はポケットの中の妖精の言う通りに指示していただけだ。

「稀《まれ》に、ごく稀に。そういう者がいるのだ。ステータスには現れない天性のナビゲーションスキルのようなもので、電波的とも言える極端な空間把握能力を有し、ダンジョンの一見してはわからないような構造や特徴を一瞬で理解して予測し……最適な順路構築を行える者がな。ミズキが初めて潜ったダンジョンにて遭難したにも拘わらず、そこから無事に脱出できたのは……お前のその生まれ持った特性が、お前自身を導いたからに他ならないだろう」

いや、違う。すごく分析してくれてるけど、違う。

ウチのダウソタウンの番組が好きな妖精が、普通に出口を教えてくれただけだ。

『いーじゃないですか！　勘違いさせたままにしておきましょうよ！』

俺の思考にとつぜん入ってこないでくれ。頭の中にいきなり人が割り込んでくるって、想像以上にビックリしちゃうから。

「ホリノミヤがお前を雇った理由がようやくわかったぞ。うむ。これは大した掘り出しものだ……どれだけ金を積んでも手に入らない特殊体質に、まさかこんな極東の島国で出会えるとは……」

人からこれほどベタ褒めされるのは人生で初めての経験なのだが、全く嬉《うれ》しくない。

すると軍人風の他のメンバーも、俺のことを見直した様子で声をかけてくる。

「ふっ……。ミーティングでは厳しいことを言っちまったが、俺はお前のことを信じていたぜ」

記憶を捏造《ねつぞう》するな。

お前は母ちゃんのアップルパイがどうのこうのって言ってただけだろ。

「ここまで育つとは、流石《さすが》は俺が見込んだだけはあるな」

いつ見込んでいたのか具体的に教えてくれ。

お前ミーティングでめちゃくちゃ俺のこと無視してただろ。

「You are super cute. Do you like art museums? I know a great exhibition in Sapporo. What are your plans on Saturday?」

お前は自動翻訳スキルを買え。

何だか収拾が付かなくなってきたので、俺はキャロルに救いを求める。

「まあ、とりあえずな！　その話は後にしてさ。まずは依頼を遂行しないか？」

「ああ、そうだったな。私としたことが、柄にもなく興奮してしまったようだ」

キャロルはそう言うと、俺の腕を掴んで前線に立った。

「……キャロル。なぜ俺の腕を掴む？」

「お前はもう私の物だからな。さあ、ここからどう進めばいい？」

「いや、違うだろ」

俺が困惑していると、後衛を張っていたガタイの良いメンバーが、俺の肩を小突いた。

「ボスにえらく気に入られたみたいじゃねえか。日本のヒョロイモンキーかと思ってたが、俺も見直したぜ」

「おうブラザー。ＲＥＡに入ったら盛大な歓迎会を開いてやるからな。優秀なナビゲーターは大歓迎だぜ」

「Would you be interested in joining me for a movie?」

「…………」

キャロルに腕を掴まれ……というよりもはや腕を抱えられながら、俺はいつのまにかＲＥＡの屈強な男たちに囲まれて詰め寄られている。

――ケシー、これどうすりゃいいんだ。

『あいあいさー！　ズッキーさんはお困りみたいですから、ここからもこのプリティーな妖精ケシー様が、みなさんを導いてあげましょう！』

3

恋人同士のように俺と腕を組んでダンジョンの深層部へと入っていこうとするキャロルに、散弾銃を持ったガタイの良い黒人が声をかける。

「待て待て、ボス。流石にそれはいけないぞ」

「どうしてだ？　ミズキは将来のＲＥＡのパーティーメンバーだし、もう私の物だ。私たちのことを助けてくれる」

キャロルがそう言った。

いつから俺はお前の所有物になったのだ。というか物になったのだ。

俺が反論する前に、そのガタイの良い散弾持ちがキャロルに返す。

「それは良いが、陣形が崩れる。ボスも動きづらい」

「私は大丈夫だ」

「そいつは大丈夫じゃない。これまで通り、ミズキは後衛と後方警戒の間に挟む」

「私の隣が一番安全だ」

「それは若干否定できないが、ミーティング通りでいこう。なあボス。俺たちはREAだし、ここはロンドンでもない」

彼にそう言われると、キャロルは渋々という様子で、俺のことを散弾持ちに引き渡した。

俺は彼に後ろへと引っ張られながら、耳元に小さな声で囁《ささや》かれる。

「すまないな、ミズキ。ボスはたまにああなるんだ」

「ちょっと……急に、様子が違ったような感じだったけど。どうしたんだ？」

「ダンジョンの中で気に入った物を見つけてしまうと、ああなってしまうことがある。たまにクライアントとも揉《も》めちまうんだ。ダンジョンの中で一度気に入ると、手放そうとしない」

「どういうことだ？」

「ちょっと、色々あったんだ。お前を物扱いしたのも、悪気は無い。今はちょっと、そういうモードなんだ」

「モード？」

「俺たちにもハッキリしたことはわからん。推測めいたことはできるが」

◆◆◆◆◆◆

深層に入ってから、キャロルが率いるＲＥＡは予告通りに探索形態を変更した。

それまで最前線を張っていた二名が一段背後に下がり、救護担当が後方警戒に加わる。浅層の危険度を遥《はる》かに上回るというダンジョン深層部を進んでいく陣形の最前線には、たったの一名。

西洋風の両刃剣を腰の鞘《さや》に納めたままのキャロルが、たった一人で最前線を張っている。つまり陣形は、浅層における前衛・後衛・後方警戒の２・２・１から、１・２・２へと変化した。

「大丈夫なのか？」

後衛と後方警戒の間に挟まれてお茶を濁している俺は、後衛へと下がった散弾銃持ちに聞いた。

「大丈夫って、何がだ？」

「キャロルだよ。前衛が一人ってのは、流石に……」

「まあ、見てなよ」

彼はどこか嬉しそうな感じで、そう言った。

そして、その直後。

深層部で初めて遭遇するモンスターの姿が見えて、俺は身体《からだ》を強張《こわば》らせる。

赤みがかった灰色の肌をした、背丈の高い亜人種。

オーガだ。

ゴブリンとは比較にならないほどの大きな体格と、人間種の限界を超えて筋肉が搭載された太すぎる腕や脚は、どちらかといえば人よりもゴリラなどに近いように見える。額には二つの小さなツノが生えており、その手には石をそのまま削り出したような棍棒《こんぼう》が握られていた。

ゴブリンなど、こいつ一体がいれば十体でも二十体でも、握った棍棒を振るって片手間に叩き殺してしまいそうだ。

「オーガを見るのは初めてか？」

後衛の散弾持ちが、前方に銃を構えながらそう聞いた。

「あ、ああ……」

「こいつは人の肉が大好物で、深層のほとんどのモンスターの例に漏れず、物理装甲を持っている。しかも、オーガの物理装甲は平均で4点だ」

「それは……どうなんだ？」

「深層初期にしてはやや高い。ライフル弾の威力をダンジョンのダメージ点数に換算すると、バラツキはあるが3から6点ほどだって話だ。こいつは銃器でもギリギリ倒せるラインだが、削り切るには弾薬を大量に消費することになる」

この散弾持ちの黒人は、もうすっかり俺がＲＥＡに加入するつもりでいるようだった。その証拠に、口調が物を知らない後輩に何かと世話を焼いてやる先輩みたいになっている。

「お前は先ほど、俺たちのことを特殊部隊みたいだと言ったな。普通の特殊部隊では、せいぜい浅層のゴブリンに無双するのが関の山だ。しかし俺たちにはキャロルがいる。ＲＥＡの、俺たちのボスがな」

キャロルが、腰の鞘からゆっくりと剣を引き抜いた。

彼女はその剣を正中線に構えると、そのままオーガを倒すべく向かっていくわけではなく、その場で立ち止まってじっと待った。

散弾銃を構える後衛に対して、俺が囁き声で尋ねる。

「……ど、どうなるんだ？」

「彼女は、この状況なら自分からは動かない。今、彼女の『龍鱗の瞳《スケイル・アイズ》』が、オーガに『解析《サーチ》』をかけて個体値を割り出している」

オーガと対峙《たいじ》するキャロルは、落ち着き払った様子で両刃剣を握ったまま、じっと待ち構えて動かない。

そんな状況に焦《じ》れたのは、オーガの方だった。最初はキャロルの様子を窺《うかが》っていたオーガは、棍棒を肩に回すと、その巨人じみた足でズカズカと近づいてくる。そしてとつぜん、駆け出すように踏み込むと、棍棒を振り上げてキャロルに襲いかかった。

その瞬間。

「『返しの光閃《こうせん》』」

何事かを呟いたキャロルの両刃剣が煌《きら》めき、彼女の小さな身体が爆発したかの如《ごと》き速度で前方に踏み込んだ。初速から最高速度で振られるカウンターの斬撃が、先に棍棒を振り上げたオーガよりも遥かに素早く攻撃の軌跡を描き、その異常な量の筋肉が搭載された身体を胸から真っ二つに切り裂く。濁った紫色の、グロテスクな血しぶきが辺りに飛び散った。

彼女は振り抜いた剣をそのまま鞘に収めると、叩き斬ったオーガを一瞥《いちべつ》して確認しただけで、何事も無かったかのようにスタスタと歩き始める。

俺がその光景を唖然《あぜん》として見ていると、散弾持ちが肩を小突いた。

「見たか、ミズキ。これがうちのボスだ。今のは、彼女の剣のカウンタースキルを使った」

「あ、ああ……凄《すご》いな」

「凄いなんてもんじゃあねえぜ。キャロルのレベルは、16歳にして40を越えている。大変動の前は70以上あったんだ」

散弾持ちは彼女の後ろを歩きながら、まるで自分のことを誇るかのようにそう言った。

「俺たちは……ボスと俺たちのＲＥＡは！　必ずや世界一の冒険者パーティーになるぞ。米国のウォレス・チームなんて、すぐに追い抜ける。キャロルに足りないのは年齢だけだ。彼女はまだ、成長途中なんだ！」

「なあ……一つ聞いていいか？」

「なんだ？」

前をスタスタと歩くキャロルの背後で、俺は囁き声で散弾持ちの後衛に尋ねる。

「どうしてキャロルは……こんなに強いんだ？　しかも、この年齢で？」

「知らないのか？　そうか、ボスから聞いてないんだな」

散弾持ちは意外そうな表情をすると、同じく囁き声で返した。

「彼女は……キャロル・ミドルトンは。三年前のロンドン・ダンジョンの発生に巻き込まれた数百人の犠牲者たちの一人。その唯一の生き残りだ」

4

以下の内容は、俺が後に各方面から聞いた話と、ネット等で得られる情報を総合したものである。

三年前、英国、ロンドン。

当時13歳のキャロル・ミドルトンは、ロンドン大学に勤める研究者夫妻の娘として、ロンドン市内で家族と一緒に暮らしていた。特に目立った特徴も秀でた才能もあったわけではないが、子供ながらに聡明《そうめい》かつ落ち着いた雰囲気のあったキャロルには、家族のみならず近所の人々も、成長の期待を寄せていたという。

三年前の深夜。

現在でも英国最大規模のダンジョンである、ロンドン・ダンジョンが突如として市内に発生。キャロルのミドルトン家を含む近郊の家々を巻き込みながら生成されたダンジョンにより、多くの住民が真夜中に突然、ダンジョン深層部へと引きずりこまれることとなった。このダンジョン災害による死傷者は、千人単位であるとされている。

同日。

ロンドン市警と救急隊、および米国から緊急派遣されてきたウォレス・チャンドラーが率いる冒険者パーティーにより、即座にダンジョン災害の対策及び救命を目的としたチームが組織される。

しかし、連日にわたるダンジョン内部の捜索によってさえ、見つかるのはすでにモンスターに襲われて無残に殺された後の、ロンドン市民の遺体だけだった。

ダンジョン生成から三日後。

米国のウォレス・チームが、ダンジョン深層において生存者の少女を発見する。彼女は深層において偶然入手したスキルを使い、独力でモンスターから身を守りながら、救助されるまでの三日間を生き延びていた。発見当初は衰弱状態が激しく、少女は緊急でロンドン病院の集中治療室に送られる。

不思議なことに、彼女は発見された当初から、ダンジョン産と思われる装備のいくつかを着込んでいた。特に少女の右手に強く握りしめられた謎の両刃剣は、意識が無い状態でも、それを彼女の手から離すことはできなかったという。少女のプライバシー保護のため、この件は生存者一名を保護、としか世間には公表されていない。

そしてその少女が、キャロル・ミドルトンであった。

◆◆◆◆◆

「事前の予定では、今日は深層部の調査で終了の予定であった。しかしミズキの的確なナビにより、予想よりも探索がかなり進んでいる。これは願ってもいないチャンスである。本日のMVPは、間違いなくミズキであるな」

ダンジョン深層をいくらか進んだところで、キャロルがチームにそう宣言した。

本日の真のMVPであるケシーは、ちょくちょく俺の思考に顔を覗《のぞ》かせて『いやー、それほどでもー』と言っている。

「よって、本日は深層部のボスクリーチャーの一体を発見・調査。できることならば撃破するところまで探索を進めたいと思う。ミーティングで共有している通り、ダンジョンに潜れるのは今日を含めて三日間のみ。以降は不明だが、大守《おおもり》市の警察と自衛隊のスケジュール次第では、次に万全の状態で潜れるのは数か月後か、運が悪ければ一年後ということにもなりかねない」

「今日ここで、行けるところまで行くってことだな、ボス」

「その通りだ。異論のある者はいるか？」

キャロルがそう尋ねたが、彼女に異議を唱えようとする者はいないようだった。

俺は心の中で、ケシーに
『呼びましたかー!?』

まだギリギリ呼んでない。ビックリするから。というかお前、俺の反応で楽しんでるだろ。

――深層のボスってのは、俺たちが会ったドラゴンみたいな奴《やつ》か？

『んなわけないじゃないですか。こんな浅いところでドラゴンなんて出てきたら、みんな一瞬で殺されちゃいますよ』

――それじゃあ、あれよりはずっと格下の奴ってことでいいんだな。

『というかですね。ドラゴンさんが浅層にいるんで、元々浅層にのさばってた奴がここまで逃げてきてる可能性もありますよ。それがどう影響してるかですね』
――ある意味、難易度の逆転状態が起きてる可能性もあるのか。
『ですです』
――とりあえず、ここのボスってどこにいるかわかる？
『お任せあれー！　もうビンビン感じてますー！』

◆◆◆◆◆◆

俺の（もとい、ケシーの）ナビにより、キャロルが率いるＲＥＡはダンジョン深層部を破竹の勢いで攻略していた。

ずっと後方警戒にあたっている黒人は、俺が入ったこともないはずのダンジョン深層をナビできることに疑問を感じているようだったが、俺のナビを心なしかウキウキで聞いているキャロルの手前、余計なことは言わないことに決めたらしい。

『…………？　あれっ？　アレアレ？』

遭遇するモンスターを出会って十数秒で斬り裂き続けているキャロルの後に続いていると、とつぜん、ケシーの戸惑ったような声が脳内に響いた。

――ケシー？　どうした？

『いやー……あれー？　ちょっと待ってくださいね？』

ケシーが何か、トラブっているようだ。

すると、気持ち上機嫌な様子のキャロルが振り向いて、俺のことを期待の眼差《まなざ》しで見る。

「ミズキ、ミズキ。また分かれ道だぞ。次はどっちだ？」

「えっと……ちょっと待ってくれ」

俺は考え込んでいる振りをしながら、心の中でケシーに聞く。

——ケシー？　一体どうした？

『い、いやあ……急にですね、反応が消えちゃいまして。もう結構近くまで来てたと思うんですけど……』

——お前でも、そういうときがあるんだな。

『ご、ごめんなさい……もしかしたら私、なにか勘違いしてたのかもしれません……』

——いいよいいよ。ここまでナビしてもらっただけでも大健闘だぜ。あとは適当に、上手いこと言っておくよ。

ピロリン。

ズボンのポケットに入れていたスマホが、急にバイブ機能を振動させて、着信音を響かせた。反射的にスマホを取り出して確認してみると、詩のぶから数件のLain着信が入っていた。ちょうど今、スタンプが送られたのだ。

その様子をみて、キャロルが怪訝な表情を浮かべる。

「どうした、ミズキ」

「いや、スマホの着信が。仕事中にすまない」

「違う」

キャロルがそう言った。

「なぜ、スマホの電波が通じている」

「……えっ？」

俺は当たり前のように電波を受け取って、着信を知らせたスマホを眺めた。

ダンジョンの深層部で、電波一本を示しているスマホ。

待て。

そういえば、詩のぶの生配信のとき。

なぜあの場所で電波が通じていたのか、結局わからないままだった。

バチリッ
俺たちは不意に、電流が流れるような奇妙な音を聞いた。

それは消えたのではなく、ケシーのレーダーに感知されない状態に姿を変えて、俺たちのすぐ近くへと忍び寄っていたのだ。

9章 ウチの世界一の妖精

Modern dungeon strategy starting with broken skill

1

それが近づいていることに、俺たちは気付かなかった。

電流が走ったような鈍い音が響いて、次の瞬間に、キャロルは振り向きざまに剣を抜いた。

抜いた剣の刃身に電撃が滑り、彼女はそれを超常的な反射神経でもって受け流す。

しかしその電流は、彼女の両刃剣の上を射出面のようにして加速し、自らを押し出すと、飛び出しながら二手に分かれて、その背後に立っていた二人に襲い掛かった。

「ギャッ、アッ!?」

とつぜん強い電流に当てられて、二人の身体《からだ》がバチンという音を立てながら激しく震えた。巨大なゴムが弾《はじ》け千切れたような、壮絶な音が響く。

散弾銃の担当が、三叉に分かれた道の一つに銃口を向けて、連続で発砲し続けた。

電撃を受けて倒れた後衛の一人に、救護担当の自動翻訳スキルを持っていない奴《やつ》が駆け寄る。駆け寄った瞬間、彼は自分の予期していなかった方向から攻撃を受けた。

「WHA!!?」

洞窟の石壁から炸裂《さくれつ》した電撃は、救護のために駆け寄った隊員の身体を高電圧の電流で焼いた。

『ズッキーさん！　伏せて！　危ない！』

俺は右腿《もも》のホルダーに差していた拳銃を抜きながら、反射的に地面に転がる。耳で聞くのではなく、直接脳内に響いて来るケシーの声。それが、俺の素早い反応を促したのだ。

その瞬間、また別の岩肌から電撃が炸裂した。

電流は俺が一瞬前まで立っていた空間を切り裂くと、散弾を連射していた隊員の背中に直撃する。彼は散弾銃を構えたままの恰好《かっこう》で硬直し、身体を震わせて惨《むご》い声を漏らした。

俺はまだ、この状況を呑み込めていなかった。しかしこの状況が意味するところは、つまり。俺とキャロル以外の全員が一瞬にして、行動不能に陥ったということだった。

「キャロル！」

俺は叫んだ。

それは反射的な叫び声であって、実質的な意味は存在しないのかもしれなかった。

キャロルは俺の呼びかけには答えずに、重心を低く落として剣先を地面に垂らすと、なかば脱力したような構えを取った。

彼女は周囲で倒れる自分の仲間のことを、一瞥《いちべつ》もしない。心配して声をかけようともしない。焦って取り乱そうともしない。

それは彼女の冷酷さではなく、むしろ〝最後には自分が必ず何とかする〟という、絶対的な責任感の表れなのかもしれない。

キャロルの全集中力は、三又に分かれた道の、その中央の洞穴へと注がれている。

彼女の斜め後ろの岩肌から、パチリという小さな音が漏れた。

「後ろ！　左！」

俺は叫んだ。

次の瞬間に、その予兆があった岩壁からまた電撃が走り、その攻撃はキャロルへと襲い掛かる。

キャロルはその攻撃を予期していたかのように半身になって振り返ると、その電撃をまたしても剣の刃身で受け流した。達人の絶技を、さらに早回しにしてコマを落としたかのような、肉眼では追いきれない超人的な速度。彼女の高度な『敏捷《びんしょう》』能力値が、人間業ならざる反応速度を補佐しているのだ。

防御された電流は彼女の背後へと飛び散って拡散し、そのまま霧散して威力を失う。

彼女は攻撃を躱《かわ》すと、すぐさま視線と構えを元に戻した。

それから、しばしの沈黙。

俺はわけもわからずに拳銃を握ったまま、固唾を呑んで彼女のことをじっと見つめている。自分がなぜ無事でいるのか、その理由がわからなかった。

『じーっとして！　絶対に動かないで！』

ケシーの声が、脳内に直接響いて来る。

そうやって、静かな緊張が満たす洞窟の中で、指一本動かさずに待っていると……。

キャロルが視線を送り続けている道の暗がりの中から、ペタリという足音が聞こえてきた。それは段々と暗がりの中から姿を現し、地面に転がっているアサルトライフルのライトに照らされた。

人外の肩幅と四肢の太さを持つ筋骨隆々の巨軀《きょく》に、浅黒い肌と異常に伸びた犬歯。その手に握られているのは、岩から削り出したような大きすぎる棍棒《こんぼう》。

オーガだ。

しかし、これまでに遭遇したオーガとは雰囲気が違う。黄色がかった浅黒い肌をしており、額から生える二本のツノが、これまでのどの個体よりも大きく、長く成長している。伸ばされた白髪は背中を覆いつくすようにして広がっていて、静電気を帯びたようにふわりと毛先を上向かせていた。

今までの奴とは、明らかにレベルが違う個体……。

そしてその特異な姿は、英国人のキャロルよりも、日本人である俺の方が見覚えのある姿なのかもしれない。

その黄色いオーガの姿かたちは、まさに日本古来の化物である〝鬼〟。

絵巻物や絵本で見たような姿かたち、そのものだった。

キャロルの構えの重心が、また一段と低くなる。

肩や腕は完全に力が抜かれて、両刃剣を握る両手の指には、それを地面に落とさないためのほんのわずかな力しか込められていないようにも見える。

しかし地面に垂らされたその剣の先端は、いつ飛び跳ねて暴れ出そうとするかわからない、極度の緊張感に満ちていた。即応の準備が、極限まで整えられているのだ。

黄色肌のオーガはキャロルと対峙《たいじ》すると、しばし睨《にら》み合うようにして動かない。

キャロルも、自分から動こうとはしなかった。

またもやしばしの沈黙があった後、彼女は口を開く。

「…………物理装甲20、魔法装甲30、ＨＰ15……わかったか、ミズキ」

「……えっ？」

キャロルは振り返りはせずにそう呟《つぶや》くと、剣を握り直してゆっくりと剣を持ち上げ、対応の構えから攻撃を仕掛ける構えへと移行した。

「情報は伝えたが、お前はこのまま逃げろ」

「待て、キャロル────」

俺がそう叫ぼうとした直後。

オーガが不意に手を振り上げると、そこから電流が走った。

キャロルはその電流を受け流しながら、オーガに向かって弾け飛ぶかの如《ごと》く突撃する。

狭い道の中で剣を刺突の構えに握り直し、ついに撃鉄を打ち込まれた一発の銃弾のように、これまでに溜《た》め込んだ全ての力を爆発させるかのような速度で襲い掛かる。

「『ゴブリンの突撃』！　『粉砕する一撃』！　『ダメージ複製』！」

キャロルが複数の攻撃スキルを発動させながら、オーガに襲い掛かる。

その剣先が、オーガに到達する直前。

まるで、その突撃を待ち構えていたかのように。

オーガの周囲の壁が一斉に、バチバチと激しい帯電を始めた。

「────っち」

電撃の光に包まれたキャロルは何かを悟ったかのように、舌打ちした。

剣先がオーガの身体に突き刺さって沈み込む直前に、激しい電撃の光が道を満たす。

あらゆる方向から同時に繰り出された電撃は、そのどれもがキャロルの身体に吸い付くようにして纏《まと》わりつき、その細い身体を高電圧の電流で焼き尽くさんとする。

「きゃ、ぎゃっ！　きゃぁああっ！」

キャロルの壮絶な叫び声が響いた。

彼女はビクビクと身体を震わせると、その場にゴシャリと膝を突く。

「かっ、くぁ……ひぃっ……」

キャロルのか細い声が聞こえて、彼女はそのまま、地面に倒れ込んだ。

倒れた後にも、彼女には電撃の余波が残っているのか……その小さな身体は、陸に打ち上げられた魚のようにビクリと震えている。

オーガは足元に倒れた彼女のことを見ると、しゃがみ込んで、その長髪を掴《つか》んだ。

「がぁっ……！」

長髪と兜《かぶと》を掴んでキャロルに顔を上げさせると、その黄色いオーガは彼女を品定めするように、その綺麗《きれい》な顔立ちをじっと見つめる。

「ぐっ……ぁ……」

「…………」

そうして、オーガが彼女の甲冑《かっちゅう》の隙間から〝直《じか》〟に、その細い手首を摑むと……再び〝直接〟、彼女の身体に激しい電流が流し込まれる。

「きゃっ！　ぎゃぁあっ！　きゃあぁあっ！」

――くそっ！

俺はその場に立ち上がって、キャロルをいたぶるオーガに拳銃弾を撃ち込もうとした。

しかしその瞬間に、俺の行動の意思を読み取ったケシーの高い声が、行動を抑止するかのようにして脳内に響く。

『待って！　ストップ！　ストーップ！』

――ケシー！　このままじゃまずい！

『だからってー！　無理！　無理無理無理!!　マジ無理！！！　駄目!!』

――なら、ならどうすりゃいいんだ！

『一旦待って！　そのまま！　一旦やり過ごして！！！　動かないで!!』

――だからって！

『はい駄目！　待って！　落ち着いて！　落ち着けー！　オチツケオチツケー！　策も何も無しに、格上相手に立ち向かわない！　無策で動いても何にもならない！　動かないでってー！』

2

「ぐっ……ぅえ……！　うぇえっ……」

直に流し込まれる電流でいいだけいたぶられたキャロルは、唇の端から涎《よだれ》を垂らして、地面に倒れ伏していた。

電撃の余波で少女の身体がビクリと痙攣《けいれん》し、そのたびに苦しげな呻《うめ》き声《ごえ》が漏れる。彼女の長い金髪が地面の上に散乱して、砂利の上に押し付けられた白頬には、あまりの激痛でとめどなく溢《あふ》れてしまう涙が伝っていた。

『ボス・オーガ！　しかも雷属性の変種です！』

それはテレパシーで俺の心の中に常駐しながら、俺が勝手に動こうとするのを抑止しているケシーの声だった。

『単なるボス・オーガなら、この辺りに居ても全然おかしくないんですけどー！　ここまでレベルの高い変種がここに居るっていうのはー！　うわー！　やっぱりさっき言ったことは間違ってて！　もしかしたらアレかもしれないです！』

――なんだケシー！　なにがあれなんだ！　落ち着け！

『あのドラゴンさんと同じく、このダンジョンって今！　階層ごとの難易度がめちゃくちゃになっているのかも！　普段奥に居る奴が浅い所まで出てきちゃって、本来のボスがボスの座を追われてその辺をうろついてるみたいなー！』

――最悪だな！　ＲＰＧの最初の町にラスボスが居て、次の町で幹部が待ってるようなものか！

『しかも物理装甲20の魔法装甲30って！　めちゃくちゃ分厚いですよ！　ＨＰが普通のオーガ並みに低いのは幸いですけど、そもそも攻撃が通らない！　あーもー！　固いー！　しかも攻撃パターンが強いー！　どうしよー！』

俺は死んだふりをしながら、ケシーと心の中で叫び合う脳内会議を行っている。

俺とケシーがやや悠長に話し合っていられるのは、オーガがキャロルを、すぐに殺そうとはしていないからだった。キャロルをオーバーキル気味に行動不能にしたオーガは、彼女の身体をまさぐり始めている。

「ぐ……くぁ……」

彼女が身に着けている甲冑が一枚ずつ剝がされて、着脱の難しい部分は無理やりに壊されてしまう。

ビリッ、と衣服が破れる音がした。それは彼女が下に着込んでいる白色の鎧下《よろいした》が、まるで人形の服を脱がすようにして、背中から無理に引っ張られて破かれた音。

大量の電撃を浴びたキャロルは、自分の〝肉体〟に興味を示しているオーガに全く抵抗できていない。力を振り絞って右手に握りしめていた両刃剣も、オーガによってあえなく指を解かれて、遠くの方へと投げられてしまう。キャロルはそのまま身体をひっくり返されると、破かれた鎧下を剝ぎ取られた。

「ぐ……くぅっ……！」

キャロルのうめき声が漏れる。ひん剝《む》かれた上衣の下から、彼女の小さな胸が露《あら》わになってしまったのだ。

俺は視線を逸《そ》らしながら、心の中で悪態をつく。

くそっ。どうすればいい……？

――ケシー……どうして、俺は攻撃を受けていないんだ？

『し、死んだふりをしてるからですよぉ……』

――これで大丈夫なものなのか？

『た、たぶんですね。あの変種、周囲の感知方法が違ってて……動かない奴には反応しないタイプなんですよ。見てください、あの目』

ケシーに促され、目だけを動かしてボス・オーガのことを観察する。

その瞳は、潰れたように全体が灰色がかって濁っていた。

その周囲の岩壁には、パチパチと煌《きら》めく電磁波の塊が等間隔で広がっている。

『たぶん、あの岩壁から突然飛び出す電撃のタネは、同時にダンジョンに張り巡らせたレーダーみたいな役割も担っていて……』

原理は不明だが……電磁波の塊みたいなのを遠方に拡散することで、それを無線中継みたいに繋《つな》いで……遠隔を知覚できるのかもしれないのか。そこから攻撃もできると。それで、俺たちが近づいて来るのも事前にわかっていた……？

『か、かもしれないですー……』

それなら、スマホの電波が急に繋がったのも説明できるかもしれない。あいつはダンジョンの各地に、あらかじめ電波連絡みたいなのを張り巡らせていて……見慣れない侵入者を磁場か何かで知覚すると、それを中継して本体まで伝えるような……それぞれが基地局みたいな役割を果たすのかも……。それが何らかの形で作用して、携帯の電波も……？

『な、何言ってるのかわからんですー……』

――大丈夫だ、俺も自分で考えてて混乱してきた。よくわからん。

俺は科学に明るくないから正確なところはわからないし、何か真偽の怪しい科学イメージみたいなものを繋ぎ合わせたにすぎないが……とにかく。そんなイメージのことをしているのかもしれない。

ケシーとの脳内会議は進んでいるが、キャロルの危機の方も現在進行形で進行している。

全く抵抗できないままでオーガに装備を剝がされている彼女は、すでに上半身のほとんどを剝かれていた。手甲と繋がった前腕の金属片だけを残し、彼女は小さくて丸い肩や、隠さなければならない両胸、へそまでをむき出しにされていた。オーガはそれを見て舌舐《したな》めずりすると、彼女を転がして俯せにして、今度は尻から手を回し、彼女の下半身を守っている装備に指をかけた。

「ぐっ……ひ、ひぃ……っ！」

キャロルの掠《かす》れた悲鳴が聞こえてくる。膂力《りょりょく》では到底敵《かな》うはずもないオーガに、彼女は今まさに汚されようとしているのだ。優に二倍の背丈はあろうかという化け物に為す術《すべ》なく押さえつけられながら、丸裸にされて野性の欲望を吐きかけられる恐怖は、俺には想像もつかない。

オーガの太い指が、キャロルの腰回りの装甲を剝ぎ取ろうとする。

「やっ……やめ……やめでっ……ぇっ！」

興奮の吐息を吐きかけられながら、金属板金を容易《たやす》く歪《ゆが》める力を持った手で無遠慮に尻をまさぐられて、キャロルは涙ながらに小さな悲鳴を上げた。

――ま、まずい……どうにかしないとまずいぞ。いよいよまずい！

『え、ええっ……い、命を大事に！　でいきませんか……？　あ、あのですねー。キャロルさんには本っっっ当に申し訳ないんですけどー、ここはもうー、死んだふりで全部やり過ごしてー……』

――いや、それはできない。

『でもでも、相手は物理装甲20ですよ……？　これってつまり、一撃20以上のダメージを叩《たた》き出さないと、そもそも攻撃自体が全然通らないってことですからね……？　魔法に至っては30の装甲ですからね？　ズッキーさんが唯一使える魔法の『火炎』、ダメージ3ですよ……？』

……あれだ。ヒースから貰《もら》った『チップダメージ』がある。あれなら、確定でダメージを1は通せる。スキルブックで発動して、それを乗せて銃撃すれば……。

『……ＨＰは15……15発、当てられるんですか？』

…………………。

『しかも相手だって、黙って受けてくれるわけじゃないですからね……？　一撃で行動不能レベルの攻撃を仕掛けてくる相手に対して、倒される前に十五回も攻撃当てないといけないんですからね……？　その銃って奴で、本当にできるんです……？』

…………。

……いや普通に無理だな……。

たぶん無理だ。少なくとも手元のガバメントでは無理だ。俺の技量だと、おそらくは当てるだけでも精一杯なのに。

たとえ相手が攻撃してこない状況であっても、この拳銃をリロードしながら十五発連続は、流石に試そうとも思えない。ゲームで「このボス、クリティカル十五回連続で出せば倒せるな」とか言ってるようなものだ。

俺は目だけを動かして、地面に転がっている武器を眺めた。

一番近くの、飛び込めば手に入る範囲には……アサルトライフル。

あの銃には弾が何発入っている？　隙を見て手に入れたとして、俺に操作できるか？

その前に『チップダメージ』をカード化してから、発動させないといけないのに？

「こ、ろして………」

不意に、キャロルの掠れた声が聞こえた。

俺は地面に転がりながら、視線だけをそちらに向ける。

地面に俯せに転がされたキャロルは、もはや手足の甲冑だけが残った状態だ。上体の装備と衣服は全て破かれて剝がされて、猫のようなしなやかさを感じさせる背中の控えめな筋肉と肌がむき出しになっている。

バキンッ、と金属金具が無理に外される音がした。

腰を持ち上げられて、滑らかな曲線を成して突き出されているお尻周りから、また装備が一つ外されたのだ。腰回りの甲冑が剝がされると、キャロルの下半身を外部から守るのは、その下に着込んでいる鎧下だけとなっていた。

その下は、下着だけだろう。もしも下着を着けていなかったら……いや着けているとは思うが……そこで時間稼ぎは打ち止めだ。そこから始まるのは、見るも無残な18禁で趣味の悪い薄い本展開。少なくとも事がおっ始まる前に、行動を起こさないとならない。

十五回連続で1ダメージを与えるのが無理なら、一撃で……物理装甲20点プラスHP15点、つまりは35点オーバーのダメージを叩き出す方法は？

『そんな簡単に破壊的ダメージを出す方法があったら、そもそも誰も苦労しないと思うのですが……』

そりゃそうだ。俺が馬鹿だった……。

……いや、待てよ？

俺は自分の保有しているスキルを、もう一度洗い出してみる。


＝＝＝＝＝＝＝＝＝＝＝＝＝＝＝＝＝＝＝＝

『火炎』　ランクE　必要レベル7
攻撃魔法
対象に火属性の4点ダメージを与える。
スリップダメージ：3（燃焼）

＝＝＝＝＝＝＝＝＝＝＝＝＝＝＝＝＝＝＝＝＝＝＝＝＝＝＝＝＝＝

『チップダメージ』　ランクA　必要レベル25
強化系スキル
あなたの全ての攻撃に、追加の攻撃ダメージ1を付与する。
この追加ダメージは無効化されない。

＝＝＝＝＝＝＝＝＝＝＝＝＝＝＝＝＝＝＝＝＝＝＝＝＝＝＝＝＝＝

『ゴブリンの突撃』　ランクD　必要レベル15
強化《バフ》スキル
1ターンの間、あなたが与える近接物理攻撃ダメージに＋3の上方修正を加える。

＝＝＝＝＝＝＝＝＝＝＝＝＝＝＝＝＝＝＝＝＝＝＝＝＝＝＝＝＝＝

このうち、カード化しているのは『火炎』のみ。『チップダメージ』と『ゴブリンの突撃』はカード化していないので、必要レベルが足りていない『チップダメージ』はこのままでは使用できない。俺の現在のレベルは19だ。

そして、『スキルブック』。

いまだ詳細な仕様は不明。カード化したスキルは十回の使用制限付きで、おそらくはレベル制限を無視して発動することができる。しかし発動のたびに、カードをホルダーに装填し直す必要がある。

…………。

『ズッキーさん。もしかして、危ないこと考えてません？』

――もしかしたらだが。完全に賭けだが……。

仕様の穴を突いた、バグ技めいたことができるかもしれない。

『……試してみたいとは思えませんね』

あるかどうかもわからんバグに、命を賭けるようなもんだからな。

だが、絶対に無いとも言われていない。できないかもしれないが、できるかもしれない。

――ケシー、キャロルとテレパシーで会話できるか？

『できますけど……良いんですか？』

――とりあえず、繋いでおいてくれ。説明は……お前に任せた。

ケシーの雰囲気が、頭の中から消えたような感じがあった。

俺の意識ではなく、キャロルの意識の方へと移動したのだ。

さてさて。

以前に一度だけ思いついた、できるかどうかもわからんバグ技。

ケシーに話してみたら、「本当にできたらマジウケますね」と言わしめた『スキルブック』の応用必殺……………やってみるか？

3

ケシーの声が頭に響いて来たのか、オーガに下着を剝がされている途中のキャロルは、不意に驚いたような表情を見せた。彼女のやや泣き腫れた眼が泳いで、地面に倒れている俺の方をちらりと見やる。

十数秒間のラグがあってから、ケシーが俺の意識に戻って来た。

『簡単に説明しておきました！』

――わかってくれたか？

『まあ、とりあえず！　ビックリしてましたけど、状況を受け入れることを優先してくれましたよ！』

あっ、それと！　とケシーは付け加える。

『動けるかどうか聞いてみたんですけど！　ちょっとなら大丈夫そうって話です！』

――本当に？

『どちらにしろ隙を見て、一撃食らわすつもりだったみたいです。やや時間も経《た》ったので、ほんの少し回復したって言ってました！』

――よし、それなら……。

◆◆◆◆◆◆

ケシーに仲介してもらい、キャロルと最小限のやり取りで作戦を擦り合わせる。

チャンスは一度。

不安材料は大量。

しかしそれでも、俺が最後に思いついたギャンブルよりも……キャロルとの協議によって、ひとまず実行するのは『上手《うま》くいけば確実な方』が採用された。俺の『できるかどうかすら不明』なギャンブル案は、プランBとして一旦は棚上げにされる。

俺は『スキルブック』を発動させて、自分の顔横にカードホルダーを出現させた。

『カード化していないスキルを二個保有しています。カード化しますか?』

二つともカード化するのだが、『はい』に指を伸ばすことはまだできない。

動き出すのは、そのタイミングが来た時だ。

指一本も動かない風を装って俯せに倒れながら、自分の身体をオーガの好きにさせているキャロルが、俺のことをじっと見つめている。その碧眼《へきがん》の瞳には、どういった感情が含まれているのか。

とにかく、色々と黙ってて悪かった。上手くいったら……可能な限りでいいから許してくれ。

キャロルの下着がついにずり下げられ、彼女の小ぶりなお尻が剝き出しにされた。ぷりんと少女らしい丸みを帯びながらも、その尻は筋肉で適度に引き締まっている。

「…………!」

作戦決行の瞬間が近づいているとはいえ、お尻を丸出しにされたキャロルは、羞恥で仄《ほの》かに頰を染める。仕方ない。耐えてくれ。

そのまま下着を剝ぎ取ろうとしたオーガは、その白い下着を太ももに引っかけてしまい、脱がすのに手間取っているようだった。脚を膝から覆う甲冑装備に下着が引っかかり、上手く下ろすことができない。

焦《じ》れたようにその下着を両手で摑むと、彼はそれを両側に無理やり引っ張って、引き千切ろうとした。ビリリッという音がして、布繊維が限界まで伸ばされ、そのまま白いパンティが左右へと引き千切れる。

オーガの腕力によって、腿に引っかかっていた下着が完全に破き裂かれた瞬間。

オーガのゴツゴツとした手も何もかもが離れて、キャロルの両足が完全に自由になった。

その瞬間。

「やぁあっ！」

突如、両手を思いきり突くようにして地面を押したキャロルの身体が、弾け飛ぶようにして空中に跳び上がる。

オーガによって全身の衣服も装備も下着も剝ぎ取られて、逆に隠さなくて良い部分しか隠せていないキャロルの裸体が宙を舞った。

空中で素早く振り上げられた彼女の両足は、四肢の先に装備された甲冑の重みで強力な遠心力を発生させて、彼女の軽量級の身体をくるりと回転させる。

その瞬間に、彼女の股の間も完全に見えた。そういう趣味があるわけではないが、場違いにも、俺は自分の目に録画機能とスロー再生が付いていないことを悔やんだ。

『聞こえてますよ!!』

跳躍した先の空中で身体ごと回転させたキャロルの渾身《こんしん》の回し蹴りが、オーガの顎に突き刺さる。

「『チップダメージ』！」

市場価格二十万ドルの高級スキル。

近年、上級冒険者の間で人気を高めているこのスキルは、当然キャロルも所持している。

『チップダメージ』の確定ダメージが物理装甲を貫通して、キャロルの蹴りがオーガに1点のダメージを加える。突然の事態に怯《ひる》んだオーガは、顎部に受けた鋭い衝撃によってその場に倒された。

残り14点。

その瞬間に、俺は『スキルブック』の画面を素早くタップして、『チップダメージ』と『ゴブリンの突撃』をカード化する。

空中にカードが出現し、それは俺の手によって取られるのを待つようにして滞空した。

こ、こっちのパターンか！

スキルをカード化するのは初めてだが、予想されるいくつかのパターンは、この瞬間まで頭の中で予行演習を繰り返していた。最悪なのは、カード化したスキルが勝手に本のどこかに納められてしまって探す必要があるパターンだったが……とにかく！　それ以外で良かった！

立ち上がりながらカードを二枚とも摑むと、スキルブックを開いて、二枚ともホルダーに装填する。頭の中で何回もイメージしていた通りに、素早くできた！

ホルダーに納めた瞬間に、一枚のカードを引き抜く。

「『チップダメージ』！」

スキルブックを通して『チップダメージ』が発動し、俺は確定ダメージ＋１の強化効果を得る。

視界の左側に突然、砂時計のようなゲージが表示された。

制限時間……こっちはこのパターンか！

『スキルブック』の挙動を確認しながら命を懸けた実戦を繰り広げる俺は、抜いたカードを即座にホルダーへと戻して、ガンホルダーから銃を引き抜く。

本当は、もう一つだけ試しておきたいことがある。

だが、今は時間がない！　最短で、打ち合わせ通りに！

ガバメントの銃口を素早く、しかし落ち着いて、オーガへと真っすぐ向ける。

この点に関して、ケシー経由でキャロルから一言。

落ち着いて、安全装置を外して、しっかり握り込んで。

俺はそのようにした。

「うぉおおっ！」

全力で握り込んだまま、コルトガバメントの引き金をがむしゃらに引く。

激しい銃声が狭い洞穴の中で反響して、鼓膜がキンと鋭く震えた。

オーガに不意打ちの一撃を食らわせて怯ませたキャロルは、地面に着地した後は銃撃の射線を通すために、姿勢を低くして伏せている。打ち合わせ通りだ。ここまでは打ち合わせ通り。

ガバメントの総弾数は七プラス一発。らしい。

最後にセットしたのは俺では無いので、よくわからない。

その全弾をオーガに向けて撃ち込むが、何発当たったのかわからなかった。想像以上に反動が激しくて、狙いが右上に逸れてしまったのが自分でもわかる。

「ミズキ！　残り13点だっ！」

キャロルが叫んだ。

『龍鱗の瞳《スケイル・アイズ》』の『解析《サーチ》』で、オーガのステータス情報を抜いたのだ。

つまり、元HPが15だから……俺とキャロルを合わせて2点のダメージ……。

俺の銃撃は、たった一発しか当たらなかったってことか！

絶望的な射撃センスを嘆いても仕方ない！　一発当たっただけでも良し！

空になってスライドが引かれたままのガバメントを無理やり元のガンホルダーに納めながら、地面に転がるアサルトライフルを拾うため、俺は転がるようにして銃に飛び付いた。

やはりアサルトだ！　キャロルによれば三十発入っている！　とにかく撃ちまくって三分の一を当てりゃあいい！

『ズッキーさん！』

ケシーの声と同時に、どこかからパチリと電撃の予兆が聞こえる。

まずい！　避けられない！

「やぁあっ、あぁあっ！」

オーガの足元に転がっていたキャロルが、倒れた状態から再び跳躍して、その黄色肌の身体に飛び付いた。

彼女はオーガの肩に両足をかけるようにして、何も穿いていない直の太ももで首を挟み込む。そのまま両足の甲冑を絡めて股で顔をロックし、前腕に装備した甲冑の重みによって遠心力を味方に付ける。そのまま腹筋の力も利用して身体を素早く折りたたむと、オーガの首周りでコンパクトにクルリと回転して、その首を折らんとする勢いを利用して投げ飛ばした。

ルチャ・リブレ顔負けの空中殺法！　どこが少しだけは動けるだ！　すんげえ身体能力！

あとちょっとうらやましい！

「『チップダメージ』ッ！」

投げ飛ばされたオーガの身体が、頭から地面に突きささる。

岩壁から俺を狙っていた電撃の軌道が逸れて、代わりに目の前のアサルトライフルを直撃して吹き飛ばした。

判定はわからないが、おそらく1点追加！　残り12点！

しかし……。

「ぎゃっ！　ぁああっ！」

投げ技から着地しようとしていたキャロルが、空中で電撃に捕らえられた。

彼女はそのまま着地に失敗して、地面に転がる。

最後の力を振り絞っていた様子のキャロルは、それで完全に沈黙し、動かなくなってしまった。

奪取しようとしたアサルトライフルは、電撃の直撃を喰《く》らってプスプスと煙を上げている。他の小銃を探そうとした瞬間、辺りに何発もの電撃の音が鳴り響いた。

「うおおおっ!?」

しかし、その電撃は俺を襲ったわけではなかった。地面に転がっていた重火器を一斉に襲った電撃は、頼みの綱をまとめておしゃかにしてしまう。

くそっ………!

立ち上がろうとするオーガは、俺を睨みつけて狙いを定めている。

あとは撃ち切った拳銃と、腰の予備弾倉三つだけ!

しかし奴も、連続で電撃を放って疲れた様子に見える!

与えられたほんの少しの猶予と、スキルブックと、空のコルトガバメント。

残り12点!

仕方ない!

ここからは、ギャンブルのプランB!

4

俺はスキルブックを開き、別のカードを抜いた。

「『ゴブリンの突撃』!」

スキルブックを通して発動した強化スキルは、俺の近接物理ダメージに3点のプラス補正を付与する。それと同時に、この強化スキル用の新たな制限時間が視界の左に現れた。

俺はカードをホルダーに素早く戻すと、すぐさまもう一度、同じカードを引き抜く。

「『ゴブリンの突撃』っ！」

もう一度同じスキルを発動すると、新たな制限時間が追加される。

それは互いに打ち消し合うことなく、二本分の制限時間として並列し、重複して発動したようだった。

つまり合計で、近接物理ダメージにプラス6点の補正！

よし――――！　やっぱり！

『ゴブリンの突撃』は通常、一度発動すると次の発動までにインターバルを必要とする。必要なインターバルは、スキルの持続時間である1ターン秒にプラスして、数秒の間。つまりこのスキルは元々、効果の発動が絶対に重複しないようになっているのだ。

しかしこれを、『スキルブック』を通して発動すると？

『ゴブリンの突撃』に必要なインターバルが、ホルダーへの再装填によってキャンセルされ、通常は起こらない効果の重ねがけが実現するのでは……という、単なる予測だった。

そして、その予測は見事に当たった。

つまり、この『スキルブック』！

通常であれば重複しない効果を、カードとして発動することで無理やり重ねがけすることができる！

まるで本来の仕様としては予期されていない、ゲームの不正な裏技のように！

オーガが立ち上がった。

向こうのインターバルはあとどれくらいだ!?

とにかく構わず、俺は『ゴブリンの突撃』を連続して発動させる。

重ねられなくなるまで！　限界まで！

「『ゴブリンの突撃』！『ゴブリンの突撃』！『ゴブリンの突撃』！『ゴブリンの突撃』！『ゴブリンの突撃』！『ゴブ、ゴ、ゴゴ！『ゴブリンの突撃』！」

噛《か》んだ！　というか、スキル名を叫ぶ必要あるのか!?

ＭＡＸまであと何回だ!?

カードの横に刻まれた残回数によれば、あと二回！

バチリッ、と電撃の予兆音が周囲に響く。

まずい！　やっぱり間に合わない!!

その瞬間、ガンファイアの閃光《せんこう》が連続で炸裂し、やかましい銃撃音が鳴り響いた。

「Fxxk My Ass!! PLZ!!!」

な、何言ってるかわからん奴!!

俺に幾度となく英語で一方的に話しかけてきた救護担当が、地面に寝そべったままでサブウェポンの拳銃を抜いて、ボス・オーガに向かって銃撃を開始していた。彼はまだ完全には復帰できていないところを気合で動いているのか、顔だけを横に向けて片手で連射している。

しかし、スキルは乗せられていないようだ。その銃弾はボス・オーガに何発か命中するも、そのダメージを意に介す様子は無い。それでも不快ではあったのか、俺の攻撃のために充電されていた電撃が、ひとまず彼の方へと走った。


「Jesus!!」

しかし、間一髪！

あの自動翻訳スキルの購入が必要な奴のおかげで！

あの何言ってるかわからん奴が、咄嗟《とっさ》にヘイトを集めてくれたおかげで！

彼が稼いでくれた一瞬の間に、俺はさらに二回分の発動を重ねることができる！

「『ゴブリンの突撃』、『ゴブリンの突撃』ッ！」

視界の端に現れたゲージは十本分。

最初の方に起動した分は、すでに効果時間が切れそうになっている。

しかし『チップダメージ』の継続時間はやや長いようで、ギリギリの所で砂時計を残していた。

オーガが今度こそ、俺の方に振り向く。

本当ならば、『チップダメージ』の方も重ねがけしておきたい。

しかしもう限界だ。

俺は意を決して、黄色肌のオーガに向かって駆け出した。

走り出した瞬間に跳躍し、俺は空中でドロップキックを構える。

オーガもそれに応戦して、手を振り上げて電撃を走らせる。

それはほとんど同時だった。

『ゴブリンの突撃』　3×10ダメージ＝合計＋30ダメージ
『チップダメージ』　＋1ダメージ
プラス補正、合計31ダメージ!!

「だっらぁっ!!」

その全てを懸けた渾身のドロップキックが命中する直前。

一瞬早く、バチンッ!　という感電音がして、俺の体に電流が走る。

一気に体幹の力を奪われてしまった俺は、空中で姿勢を崩した。

しかし、空中で揉《も》みくちゃになって振り出されたその足先が。

ちょんと、ほんの少しだけ。

オーガの厚い胸板を掠った。

爆発のような衝撃と共に、俺とオーガの両方が弾け飛ぶ。

ただのドロップキックでは絶対に発生しない威力。

大威力の爆風に巻き込まれたかのような衝撃だった。

俺はそのまま背後へと吹き飛ばされるが、オーガの方は掠られた方向が違ったのか、背後ではなく斜め後ろ方向へと叩きつけられるようにして吹き飛び、固い岩壁を削る。その非現実的な吹き飛び方は、ゲームの物理演算のバグを思わせた。

どういう判定になっている……!?

捩った分は、1ダメージとして計算されたのか!?

ドロップキックのダメージが0なら、合計ダメージは補正分の31点だけ……物理装甲20点とオーガの残りHP12の計32点に……1点だけ届かない！

後方へと吹き飛ばされた先で、俺は地面に背中を削られながら仰向《あおむ》けに転がった。

あまりの衝撃で、なおも後方へと引きずられる中。

地面に叩きつけられたオーガがよろめきながら、もはや立ち上がろうとしているのを目にする。

やはり、1点だけ足りなかったかっ！

すぐさまホルダーからガバメントを抜いて、左腰の予備弾倉を取り出す。

どこで空の弾倉を抜くんだ……このボタンか！　親指で強く押し込んで弾倉を排出し、キャロルから受けたレクチャーを思い出しながら、予備の弾倉を挿し込もうとする。何回もイメトレしたはずだ！　入れ！

震える手でガチャガチャと弾倉を叩きつけて、幸運にも弾倉が滑り込む。壊れるのではないかというほど乱暴にスライドする。弾が給弾され、ハンマーが落とされたガバメントをしっかりと握り込み、銃口をオーガに……そこで、『チップダメージ』の効果継続時間が切れた。

――――ッ！

銃口を向けたまま、俺は戦慄する。

しまった！

リロード作業に気を取られすぎて、効果の持続時間を見ていなかった！

オーガが立ち上がる。こちらに手を向ける。

このまま発砲しても、全弾命中したところで物理装甲を抜けない！

あと1点なのに！

だからといって、今さらスキルブックを開き、『チップダメージ』を発動し直す時間は……！

「ズッキーさん！」

ケシーの叫び声が聞こえた。

その呼びかけを聞いただけで、彼女の言いたいことが理解できたわけではない。

それは直感めいたものだった。

俺は分厚いスキルブックを、自分の頭上に出現させた。

それと同時に、ベストのポケットからケシーが飛び出して、ページをパラパラと開きながら落下するスキルブックめがけて一直線に羽ばたく。

「『スキルブック』！」

「ケシーッ！」

「あいあいさーっ！」

空中で発現し、そのまま自由落下するスキルブックへと突撃するケシーが、高速でめくられていくページの中からとあるカードを一瞬で探し出し、それを引き抜きながら真上へと飛翔《ひしょう》してすれ違った。

神業だ。

お前は間違いなく世界一の妖精だ。

たぶん、ほんとに世界に一人しかいないんだけど。

すれ違う最中にカードホルダーから抜かれたのは、もちろんあのカード。

起動条件は満たした。

「『チップダメージ』！」

視界の左端に、新しい砂時計が発生した。

俺はガバメントをもう一度握り込み、撃ちまくる。

七発の弾丸がオーガ目掛けて乱れ撃ちにされて、そのほとんどが脇に逸れていく。

しかし構わず、俺はトリガーを引き続けた。

そしてついに、全弾が撃ち切られる。最後の排莢《はいきょう》と共にスライドを後退させたままで固まったガバメントは、俺の手の中でその役割を終えたように沈黙した。

「…………」

「…………」

仰向けに寝転がったままで、なおも空の銃口を向ける俺と。

沈黙したままで、その場に立ち尽くすオーガ。

一発でも当たってくれたか？

全弾外してしまったか？

俺の脳裏に、寒い予感がよぎった瞬間。

「ガ………」

その黄色い肌の巨体が、ドサリと力なく崩れ落ちた。

奇跡的に命中したらしい.45ACP弾が、オーガに確定ダメージの1点を与え、最後のHPを削り切ったのだ。

下手な鉄砲、数撃ちゃ当たる。

俺は撃ち切ったガバメントをその場に落としながら、仰向けになって、息を吐く。

「あー………勝った……」

ボス・オーガ、討伐。

俺の初めての本格的なダンジョン探索は、まさかの大金星となった。

10章

実の娘である可能性が極めて高い

1

ボス・オーガを討伐した後。

全員の回復を待ってからダンジョンの脱出を開始した俺たちは、無事にオオモリ・ダンジョンの入り口へと辿《たど》り着いていた。

装備と服を全て剝《む》かれてしまったキャロルには、救護担当のメンバーが自分の服を着せてやった。

そして彼自身は全裸にパンツのみで、上からベストと装備だけを羽織るという非常に男らしい荒業で帰還している。

今回の拾得物は、ボス・オーガを討伐した際に手に入れた『電波中継』の魔法と、通常のオーガからドロップした『物理装甲』のスキル。

そして、『慈悲神の施し《エイル・ギビング》』であった。

俺たちはそのマジック・アイテムを、ボス・オーガが住んでいたと思われる三又に分かれた道の奥に存在する洞穴の、その中の宝箱から手に入れた。

発見した当初、俺たちはまさか、それが本当に『慈悲神の施し《エイル・ギビング》』であるとは信じられなかった。

Modern dungeon strategy starting with broken skill

なにせいまだに世界で一例しか発見報告の無い伝説のアイテムが、あまりにもひょっこりと手に入ったのだから。

最大の探索目標が、一撃で手に入ったのだ。

その事実を受け入れることができたのは、探索経験の浅い俺だけであったように思われる。

「おかしい」とキャロルが言った。

彼女は男物のシャツとぶかぶかのズボンを無理やりベルトで締め付けて、緩い袖元から手を伸ばしていた。

「なぜ『慈悲神の施し《エイル・ギビング》』が、こんなところにある？」

「あるところにはあるものだな。良かったじゃねえか」

俺が気楽にそう言ったのを聞いて、電撃のダメージから復帰したガタイの良い黒人が、やや呆《あき》れたような表情を浮かべた。

「ミズキ。これはつまりな。億万長者になりたくて宝くじを買いに行ったら、そのまま『一等の当たりくじ』が売っていたようなものなんだぞ」

「どういう意味だ？」

「〝明らかにおかしい。〟って意味だ」

外国人の言い回しはよくわからん。

しかしそれを「幸運」として片づけられるのは、その場にはやはり、俺しか居ないようであった。

キャロルとそのチームメンバーたちは、半信半疑の様子でそのマジックアイテムを眺めながら、何やら話し合っている。

「本物かどうか、プロの鑑定屋に依頼しよう」

「それについては、ホリノミヤに任せればいいさ。どうせ拾得物は奴《やつ》のものだ」

「もし本物だったらどうする？」

「話し合う必要があるかもしれないな」

「なんらかの偽物《フェイク》であってくれた方が、まだ安心できる」

「I'm feeling horny now.」

そんな風に話し合うプロの冒険者集団を見て、俺は心の中でケシーに聞いてみる。

——なあ。こういう偶然って、ダンジョンじゃよくあることなのか？

『…………なんといいますか。私としては、何をそんなに驚いているのかわからない感じですね』

——どういうことだ？

『いや、だって……『慈悲神の施し《エイル・ギビング》』なんて、私たちの世界では結構ありふれたアイテムでしたから。たしかにレアっちゃあ……まあちょっとレアですけど、そんな超弩級《ちょうどきゅう》の宝物かって言われたら違いますよ』

——そうなのか？

『あー……たぶんですね。こっちの世界の人たちのレベルが〝まだ低すぎて〟、ダンジョンをまともに探索できてないんじゃないですか？　それで、ちょろっとこういうイレギュラーがあって、元々もうちょっと奥にあったものが手に入ったから……それで大騒ぎしてるのかも？』

――それじゃあ、お前としてはそれほど驚くことじゃないと。

『この前ＤＶＤで見た〝ドリクエ〟の映画で言うと、ハイポーションを伝説のマジック・アイテム扱いして死ぬほど驚いてるようなものですね』

なるほど。

ダンジョンってのは、俺たちが想像しているよりもずっと広大なのかもしれない。というよりも……あちら側の基準で考えれば、俺たち人類はいまだにダンジョンの浅瀬でちゃぷちゃぷと遊んでいるにすぎないのか。

万病を治す薬、『慈悲神の施し《エイル・ギビング》』。

これがダンジョンの浅瀬で簡単に取れる、レアでもなんでもないアイテムだとしたら。

この洞窟空間のさらに奥底には……一体、どんなアイテムが眠っているんだ？

とにもかくにも、俺たちはダンジョンから帰投した。

堀ノ《ほりの》宮《みや》は俺たちの満身創痍《まんしんそうい》の姿やキャロルたちの恰好《かっこう》に驚いていたようであったが、その探索の成果にはもっと驚いているようであった。

「本当に……見つけてくださったのですか」

「我々としても、信じがたいことです」

キャロルがそう言った。

「一旦は鑑定屋に依頼し、正確な鑑定結果を待つことを推奨します」

「ああ、そうするよ。いやはや、しかし……本当に手に入るとは」

堀ノ宮はその水晶のような形をしたアイテムを手に取ると、大事そうに両手で抱える。

長年追い求めた至宝を手に入れた緊張のせいか、やや身体《からだ》が震えているようだ。

「こ、今回の依頼は、これをもって終了ということで構わない。最終目標が手に入ったわけだからな」

「それでは契約通りに、最大報酬を来週までに我々の口座へとお願いします。くれぐれも、不払いが発生するようなことにはならないように」

「もちろん、そんなことはしない」

キャロルはそこで、以前に俺が相談した内容を思い出したのか、やや厳しい目つきになった。

「もしも、万が一にも支払いに不備があった場合は……我々は事前に押さえている各種情報から、あなたが破産しようがどうしようが絶対に取り立てますので。どうかお忘れなく」

「……わかっているよ。ありがとう」

堀ノ宮に釘《くぎ》を刺してから、キャロルは俺の方へと寄って来る。

「とりあえず、最低限の忠告はしておいた。もしも奴が支払いに応じないようなことがあっても、問題は無い。我々が対応するから、何かあったら言ってくれ」

「わかったよ。ありがとうな」

「あ…………」

「えっと…………」

不意に、俺たちの間に沈黙が生まれた。

何かと話し合わなければならないこと、確認し合わなければならないこと、謝らなければならないことが山ほどあるのだが、お互いにそれを、どれから処理すればいいのかわからなくなってしまったのだ。

「とにかく」

とキャロルは切り出した。

「まだ、お前に関する問題は山積みだ。我々はあのダンジョンの調査のために、まだしばらくは日本に滞在する予定であるから。また後で話そう」

「そうだな。今日は疲れた」

「ミズキ」

キャロルが改めて、俺の名前を呼ぶ。

「……とりあえず、これだけは言っておく。色々とあったが、今回はとにかく助けられた。ありがとう」

「ああと。俺は……どう言えばいいのか、まだわからないんだが……」

「……やはり、今は収拾がつきそうにないな。また今度だ」

そう言ってクスリと笑うと、キャロルはぶかぶかの男物の服を着こんだまま、その場から立ち去るようにして歩き始める。

「それじゃあな。また後で」

「ああ、また後で」

探索終了後の武器格納など各種手続きを終えた後、俺はＲＥＡの面子《メンツ》と別れることになった。

なかなかハードな一日だった。しかし今回の報酬で……よく考えてみれば、俺は数億円の成功報酬を貰《もら》えることが決まっているわけだな。そう考えると、何だか現実味の無い話だ。まだそれを何にどう使おうとかは、考える気にもなれない。

とにもかくにも俺は生き残って、疲れ果てている。大金の使い道は、落ち着いてから考えることにしよう。俺はそう思った。

数億円の成功報酬というのは、そのときの俺にはどだい現実味のない話であって。

それは実際に、現実にはならなかった。

その数日後。

ホリミヤグループの代表取締役社長である堀ノ宮秋広《あきひろ》が、全財産を失って破産したというニュースが、日本中を飛び交った。

2

ホリミヤグループ代表取締役社長、堀ノ宮秋広の顛末《てんまつ》について、サクッとお伝えしよう。

高級冒険者パーティーの雇用やそのバックアップに根回しといったダンジョン攻略関連に、世界中で湯水のように私費を投入していた堀ノ宮は、自社株を担保にして複数のメガバンクから巨額の金を借り入れていた。

そして俺たちがオオモリ・ダンジョンに潜ってから数日後に、それまでも一部の投資家の間で話題になっていた堀ノ宮の大量保有報告書の不審な動きが、ゴシップYourTuberや金融系のネットブログで盛んに取り上げられるようになる。

ホリミヤグループ社長、破産間近か!?

そんなネガティブなニュースが突如として広まったことで、ホリミヤグループの株価は一時急落。堀ノ宮が銀行へ担保に入れていた大量の株は、株価の急落と共に連鎖的な担保割れを引き起こし、まるで臨界点に達したコップの水が一気に溢《あふ》れ出すようにして、堀ノ宮の財産は一夜にしてショートした。

堀ノ宮は破産し、ホリミヤグループの取締役社長職を辞任。

彼が保有していた関連企業も全て別の人間へと渡ることにより、堀ノ宮はたった数日にして、自らが築き上げてきた全てを失うこととなった。

そんなときに話題となったのは、堀ノ宮が手にしたという超高級ダンジョン資源、『慈悲神の施し《エイル・ギビング》』の行方である。これを求めるばかりに破産した堀ノ宮は、長寿と不老不死に狂った『現代の始皇帝』とも呼ばれるようになるが、結局、そのアイテムの行方はわからないままだった。

堀ノ宮自身は破産手続きと辞職の混乱の中で、『慈悲神の施し《エイル・ギビング》』を誰かに譲ったという旨の主張を繰り返すが、誰も信じる者はいなかった。しかしそれを、何故隠し通すのか？　その理由も、誰にもわからないままだった。

結局、俺とREAはダンジョン攻略の成功報酬を受け取ることも、破産した堀ノ宮から金銭を無理やりに取り立てることもできなかった。

◆◆◆◆◆◆

そんな騒動から、いくらかが経《た》った頃。

俺は堀ノ宮に最初に連れて行かれた、大守市《おおもり》の外れにある一軒のレストランを訪れていた。

キャロルからとある話を聞いた俺は、セラシオを走らせて、この店を訪ねたのだ。

昼飯時を過ぎた店内には、客の姿は無い。俺は受付に促されてテーブル席に着くと、メニューを眺めて、ウェイターが来るのを待った。コツコツという足音がして、俺のテーブルの隣に、背の高い男が立つ。

「何にされますか？」

その男が尋ねた。

俺のことがわからないわけはない。

しかし彼は、そのことについては特に言及しないようだった。

「ステーキを貰おうかな」

「かしこまりました」

「調子はどうですか」

俺はそう尋ねた。

「まずまずだね」

豊かな総白髪の、ハンサムな初老の男。

ホリミヤグループ元代表取締役社長。

日本有数の実業家であり、現在はこの田舎のレストランの一介の雇われである堀ノ宮秋広は、そう答えた。

◆◆◆◆◆◆

数日前。

「推測にすぎないのだが」

電話口で、キャロルはそう前置きした。

破産した堀ノ宮から何とか報酬を取り立てる算段がつかないかと、堀ノ宮の身辺調査を続けていたＲＥＡのメンバーは、彼に関する興味深い事実をいくつか発見した。

堀ノ宮秋広には結婚歴は無いものの、血の繋《つな》がった実の娘が存在している可能性があったのだ。

それは堀ノ宮の元秘書を通じて明らかになった話だった。

その元秘書の女性は堀ノ宮から、『実の娘である蓋然性が極めて高い』子供がいることを知らされていた。

ハンサムな実業家として知られる堀ノ宮は、その世間のイメージとは裏腹に、女性との関係がほとんど無い人物だった。しかし十数年前に、彼には生涯で唯一深い仲となった女性が存在した。二人がなぜ結婚しなかったのか、なぜ今は別れて暮らしているのか、その辺りの事情は元秘書にもわからない。

その女性は、堀ノ宮と別れた直後に子供を一人産んだ。彼女は堀ノ宮とは全く関係の無い場所でシングルマザーとして生活し、産んだ娘を育てていた。その娘は堀ノ宮の実娘である可能性が非常に高い、と堀ノ宮は語っていたらしい。そして堀ノ宮自身は、彼女が自分の娘であることを確信しているようだった。おそらくは、独自にＤＮＡ検査もしていたのだろう。元秘書は、堀ノ宮が探偵に、その娘の毛髪等を採取するよう指示していたことを知っていた。

堀ノ宮はその娘と母親に一度として会いに行くことはなかったが、その元秘書や探偵を通じて、彼女らの身辺情報を常に集めていた。遠方から写真を撮らせ、幼稚園でどのように過ごしているかを逐一報告させ、小学校の文化祭には毎回人を潜入させて、彼女が登場する演目のビデオを撮らせて大事に保管していたという。そんな堀ノ宮の姿は、元秘書にとっては、どこか病的であるようにも見えたという。日本有数の実業家、堀ノ宮秋広のそんな陰の側面は、彼が信頼するほんの数人の部下しか知らないトップシークレットでもあった。

それがどういう感情だったのか、元秘書にもわからない。しかしそれは、実業家としてもっぱらビジネスにしか関心の無い、スケールが大きいながらもどこか乾いた人生を淡々と送っていた堀ノ宮の、唯一の執着じみたものではないかとも語られている。

その娘が、心臓病により余命数年と診断されたことを報告したとき、堀ノ宮はひどく動揺した様子だったらしい。元秘書によれば、堀ノ宮が何かに動揺するというのは極めて珍しい。その直後に、世界で初めてのダンジョンであるNY・ダンジョンが出現し、その一年後に『慈悲神の施し《エイル・ギビング》』が米国で発見され、堀ノ宮はその、どのような病気すらも根治するマジック・アイテムの発見に執心することとなった。

そして堀ノ宮の破産の直前。その前夜に。

心臓病によりとある病院に長期入院していた、とある少女の病状が、突如として完治した。

医師らは困惑した。なぜ突然に彼女の病気が完治したのか、なぜ一夜にして、余命数か月も無いとされた彼女の健康状態が完璧ともいえる状態に戻ったのか。それが全くわからなかったからだ。

◆◆◆◆◆◆

しばらく待っていると、美味《うま》そうなステーキが運ばれてきた。

それをテーブルまで持ってきた堀ノ宮は、ステーキを俺の前に置いて、一番初めに会った時のように、そのままの流れでテーブルの向かい側に座り込む。椅子に横向きに腰掛けると、彼の脚の長さが強調されるようだった。

俺はナイフとフォークを使ってステーキを食べ始めた。しばしの間、二人とも何も言わずに、静かな時間が流れた。

「なぜ」

俺はふと、彼に尋ねる。

「どうして、脅迫じみた真似《まね》を？」

俺がそう聞くと、彼は横を向いたまま、口を開いた。

「一番手っ取り早いと思ったからだ」

「きちんと事情を説明していれば、俺の態度だって変わったはずだ」

「何の話をしているのか、私にはわからないね」

「なぜ、あんなわけのわからないウソをついた？」

俺はそう尋ねた。彼が世間から、『長寿に狂った現代の始皇帝』と呼ばれている所以《ゆえん》を指したつもりだった。

「その方が、話がわかりやすい。話を複雑にする必要は無い」

「そのために、思ってもいないことを言っても仕方がない」

「みんな、金持ちはそんなものだと思ってる。それが一番わかりやすい。わかりやすいことは良いことだ。物事がシンプルであれば、人は集中すべきことに集中できるようになる」

俺には視線を向けずに、彼は窓の外を眺めながらそんなことを言った。

「みんな仮面を被《かぶ》って生きている。自分に一番似合う仮面を付けて、自分が一番うまく立ち回れる仮面を被って、それが本当の顔だと思い込んで生きるんだ」

「何を言っているのかわからんね」

「つまり、私は自分が一番うまくやれる方法で、したいことをしようとした結果として、こうなったにすぎない」

カチャカチャと食器を鳴らして、俺はステーキを口に運んだ。美味いステーキだ。といっても、ステーキの善《よ》し悪《あ》しというのはよくわからないが。しかしそれにしたって、ほんの少し前までは日本の経済界というものを牽引《けんいん》していたひとかどの男に運んでもらったステーキというのは、特別な味がするような気がしていた。

「謝らせてくれ」

単刀直入に、堀ノ宮がふたたび切り出す。

「知っての通り、今の私は一文無しで、約束の報酬は払えそうにない」

「だろうな」

「月二万のアパートを借りてるんだが、洗濯機すら置けないんだ。私にはもう本当に、お金はない。借金はあるがね」

「知ってるよ。それについては、俺だって今さらどうでも良いと思ってる。どっちにしろ、何億の報酬なんてのは眉唾物だったんだ」

「そう言ってくれると嬉《うれ》しい」

「だけど、それは俺に限っての話だ」

ナイフとフォークをカチャンと下ろすと、俺は口元をナプキンで拭った。

「どうでも良いとは思ってくれない連中もいるよなな」

俺がそう言うと、堀ノ宮は初めて、きょとんとした顔を見せる。

しかし次の瞬間には、俺の台詞《せりふ》の意味を理解したようだった。流石は、日本の経済界を背負って立っていただけはある。頭の回転は折り紙付きということだ。

堀ノ宮の両肩が、ひそかに背後から忍び寄っていた大柄な男二人に摑《つか》まれた。それはＲＥＡのメンバーで、通訳スキルを買った方が良い救護担当の白人と、俺に世話を焼いてくれた黒人だった。

「Come with me for a mintute, please?」

「ご同行願おうか、堀ノ宮さんよ」

「…………」

状況を察したらしい堀ノ宮は、肩を摑まれながら周囲に目線を送る。レストランの窓の外では、ちょうど到着してきた大型のバンが駐車場に停《と》まろうとしている。レストランの中では、俺とＲＥＡのメンバーが、堀ノ宮を完全に包囲する形となっていた。役者が出そろった所で、レストランの奥から、最後の登場人物が姿を現す。

「その通り。どうでも良いとは思えない者もいる」

少女の声色でそう言ったのは、堀ノ宮の背後からゆっくりと歩み寄る、ＲＥＡの隊長キャロル・ミドルトンその人だ。

「我々は必ず報酬を回収する。どんな手段を使ってもな」

ＲＥＡによって完全に取り囲まれた堀ノ宮は、いささか手を震わせながら、俺に尋ねる。

「私をどうするつもりだ？」

「…………」

俺は答えなかった。

もったいぶったわけではない。これに答えるのはキャロルの役割だ。

「お前にはお前なりの事情があったのかもしれないが、お前が許されるには大きな金が動きすぎている」

キャロルはそう言った。

「我々と一緒に来てもらうぞ、堀ノ宮秋広。報酬は、別の形で支払ってもらおう」

「わ、私を、粛清するつもりか……？」

考えうる最悪の未来を想定している堀ノ宮は、声を震わせながらそう聞いた。

彼に対して、キャロルはあくまで冷ややかな目を向けている。

「それを知ってどうなる？」

「ここは日本で、法治国家だぞ」

「我々はＲＥＡだし、英国から来た」

「諦めな、堀ノ宮」

最後に俺がそう言い放った瞬間、堀ノ宮は両側から肩を掴まれて無理やりに立たされた。そのまま引きずられるようにして連行されていく堀ノ宮の後を、俺は付いて行く。何をどうしたいわけではないが、この男の威厳ある姿の最後というものを、目に焼き付けておいた方が良いと思ったのだ。

彼の身柄を拉致するために停められた黒バンが、地獄に通じる洞穴のように口を開いている。車内へと押し込まれる直前、堀ノ宮が俺の方を見た。

「待て。最後に、彼と話をさせてくれ」

「その必要はない」

キャロルが冷たく言い放った。

「待ってくれ。最後に教えたいことがある。『スキルブック』についてだ」

「『スキルブック』について？」

堀ノ宮をバンの中に押し込もうとしていた隊員たちの手が止まり、キャロルに指示を仰いだ。彼女は顎で指示すると、堀ノ宮をバンの中に完全に座り込ませてから、彼の身体を両方の体側から挟み込んだ状態で、俺と突き合わせる。

「君のレアスキル……『スキルブック』だが」

「何か知っているのか？」

俺がそう聞くと、彼はゴクリと生唾を呑《の》み込んでから、コクコクと頷《うなず》く。

「世界中を巡って、ダンジョンを探索させている時に。似たようなスキルの話を聞いたことがあるんだ」

「『スキルブック』と、似たようなスキル？」

ずいと身を乗り出した俺は、バンの中に足をかけた。

「そうだ。詳細はわからないのだが……それはどうやら、スキルを別の形で発動させるものらしい。普通ではない手段でな。スキルをカード化して発動させる、君の『スキルブック』と同じだ」

スキルを、別の形で発動させる。

それはたしかに、『スキルブック』と同系統のスキルと言ってもいいかもしれない。

「詳しく聞かせてくれ」

「詳細は……わからないんだ。アメリカの『NY《ニューヨーク》・ダンジョン』の探索に噛《か》んだ時に、関係者から噂《うわさ》を聞いただけで。どうにも存在自体が、発見されたこと自体が非公式にされていて、アメリカ政府が秘密裏に所持しているらしい。米政府は、そのスキルをあのウォレスに持たせたとも聞いた。あくまで噂だが」

ウォレス。ウォレス・チャンドラー。

超大国アメリカが誇る、元レベル100の男。レベルの大変動が発生するまでは世界最強の男と目され、現在でも暫定的に、そう称されている男。

「他に、何か情報は無いのか？」

「知っているのは、もう一つだけだ。どうやらその特殊なスキルは……使用回数に応じて、性能が進化するタイプのスキルだったらしい」

「性能が進化する？」

「そんなスキルが、存在するのか？」

最後にそう尋ねたのはキャロルだ。

俺とキャロルはいつの間にか顔を並べて、堀ノ宮の話に耳を澄ませている。

「すると聞いた。だから……君のスキルは、もしかするとだが。同様の性質があるかもしれない。

君はまだ、『スキルブック』の真の性能を引き出せてはいないのかも。いや、正確に言えば……今はまだ、引き出せないのかもしれない。それは成長するんだ。もしくは、まだ……制限《ロック》がかかっている」

「…………」

俺は一旦黙り込み、考えてみる。堀ノ宮の話は、拉致を少しでも先延ばしにしようとするための嘘《うそ》八百だろうか？　とにかく知っていることを話して、少しでも俺たちの興味関心を引こうとしているのだろうか？　交渉のテーブルを再設定するために。もしくは自分が助かる確率を、少しでも上げるために。

「言いたいことはそれだけか？」

俺がその真偽を考えていると、キャロルがそう問いただした。

「ああ、これだけだが……水樹《みずき》君」

堀ノ宮は最後に、俺のことを見つめた。

「命だけは、助けてくれないか」

「……すまないな。もう決まったことだ」

俺はそう言った。

「よし、情報提供ご苦労」

そう言って、キャロルがバンから身を逸《そ》らす。

「連れて行け」

同時に俺も外へと降りて、黒バンの扉を閉めた。扉が閉められる直前、俺は最後に、堀ノ宮と目が合った。その瞳は恐怖に染まっていた。

彼もまさか、この法治国家日本で、このような事態になるとは夢にも思っていなかったのだろう。彼はいかにも悟ったような、この世の全てを知っているような超然とした風を装っておいて、その辺の覚悟はできていなかったわけだ。ギャングかヤクザ映画まがいの結末を迎えるとはな。誰だって、自分の愚かさというものに気付くタイミングがある。そしてそれは、できることなら。全てが手遅れになってしまう前に訪れてくれた方が有難い。

エンジンをふかした黒バンが発進していき、重い車体がのっそりと、空いた国道へと乗り出していく。俺とキャロルはレストランの前に並んで立って、堀ノ宮とＲＥＡの隊員が乗り込んだ黒バンが見えなくなるまで見送った。

「さて、一仕事終わったな」

キャロルが清々《すがすが》しい表情でそう言った。

「なにか食べるか？」

「もうステーキを食べたのでは？」

「まだ入る」

「それじゃあ、一緒に何か食べよう」

キャロルと共にレストランへと戻りながら、俺は最後に尋ねる。

「それで、チャンネル名はもう決まっているのか？」

「ホリミヤチャンネルで良いだろう」

堀ノ宮秋広の顚末について、サクッと補足しておかなければならないだろう。

この一週間後。

元実業家にして『現代の始皇帝』とまで呼ばれた男、堀ノ宮秋広は、晴れてYourTubeチャンネルを開設する運びとなった。

一度は騒動が沈静化したとはいえ、いまだにホットな人物であった堀ノ宮のチャンネルは、かなりの話題となり快調なスタートダッシュを切る。そうして賛否両論に揉《も》まれる中で継続的な動画投稿を続ける内、毎回予測不可能なほど攻めまくる内容にファンが増え始め、登録者は記録的激増を果たしたのだった。

どうやら、堀ノ宮の落ち着いた人柄からはかけ離れすぎた企画と身体の張り方が、かなりの支持を集めているらしい。

身近なYourTube評論家の詩のぶ曰《いわ》く。

「絶妙に何考えてるかわからないのが面白い」

とのこと。

詩のぶもまさか、堀ノ宮のYourTuberデビューに俺が一枚嚙んでいるとは思うまい。そしてまさか、彼女自身も遠因になっているとは夢にも思うまい。

この案は、破産した堀ノ宮の未払い報酬をどうやって回収しようかというミーティングをREAと行った際に、俺から提案したものだった。現役YourTuber詩のぶが身近に居た俺は、冗談半分で「YourTubeでもやらせれば良いんじゃないのか?」と言ったのだ。

しかし、キャロル曰く。

「それだ」

とのことだった。

完全に処刑されるものと思い込んでいた堀ノ宮は、YourTubeの撮影に案外協力的だったらしい。誰だって、殺されるよりは好きなことで生きていく方が良いだろう。

チャンネルの広告収入の一部は堀ノ宮の借金返済と生活費に充てられ、他の大部分はREAへの未払い報酬として受け取られている。ホリミヤチャンネルのスポンサーがREAであることは公開情報であり、彼は日本におけるREAの広告塔兼、継続的な広告収入源に収まったのだ。

毎日更新のホリミヤチャンネルの動画を、うちのケシーは毎日心待ちにしている。今日の動画はどんな内容だろう。普通に面白いので、実は俺も楽しみにしていた。


『【ドッキリ】いきなり特殊部隊のマッチョに襲われたらホリミヤはどうする!? 驚愕《きょうがく》の結末』

605,495回再生・投稿8時間前　Good 1.4万　Bad 3400

TAKAHASHI　8時間前
元大企業社長の末路
Good 203　Bad 0

17つのリプライを表示←

マスからさん　5時間前
堀ノ宮さんのほんとにやる気無さそうなテンション面白いw
Good 54　Bad 3

Gang Knu 好き　3時間前
ホリミヤをもっとすこれ
Good 45　Bad 1
34つのリプライを表示←

登録者一人につき日本列島を1㎝ずつ動かすオリエンタルテレビ　8時間前
このチャンネルすき！！！！！！！！
Good 0　Bad 5

三

エピローグ
北海道ドラゴンクライシス未遂

Modern dungeon strategy starting with broken skill

1

「ということで、ミズキ。正式にREAに入ってくれ」

キャロルの宿泊するホテルに呼ばれていた俺は、部屋の小さな丸テーブルの前に座り込み、彼女と顔を突き合わせていた。

「いや、俺は英国人じゃないしさ。日本人だから」

「関係ない。スポーツの世界でも、外国人選手が活躍するのは至って普通のことだろう」

キャロルはそう言って、ホテルの自動販売機で買ったと思われる缶珈琲《コーヒー》を手でスッと滑らすように押し出した。飲め、ということらしい。

「ミズキがREAに入れば、潤沢なスキルの中で『スキルブック』の詳細な仕様も確認することができる」

「うーむ……」

俺は頬をポリポリと掻《か》きながら、頭を悩ませようとした。

しかし熟考の余地は与えられずに、キャロルがさらに続ける。

「経済的にも安定する。一年も働けば、相応の資産を築くこともできる。REAに所属している間は我々がミズキとケシー氏を保護することができるし、もしも将来的にREAを離れたとしても、自分でより高度なセキュリティを用意することができるだろう。冒険者の世界にも詳しくなり、他の世界では得難い人脈も得られる」

「うんとなあ……」

「逆に、何が不満なのだ?」

キャロルが不思議そうに、そう尋ねた。

そりゃあ、英国一の冒険者パーティーから「お前が必要だ。入れ」と名指しでスカウトされるほど名誉なことは、なかなか無いだろう。多くの冒険者が夢見て妄想するような、願ってもいない幸運であることには間違いない。

しかし。REAに所属するとなったら、ケシーの件も公にしなければならないかもしれない。もちろん、ケシーのことをいつまで隠しておくのかという問題はあるし、まあその辺りはケシーに了承を取ればいいのだろうが……やや不安な部分ではある。

さらに。俺は日本の冒険者の中でも最も有名かつ成功した人物として、かなりの有名人になることは間違いない。普通にテレビ局の取材だとかがバンバン来るような、そんな時の人になることだろう。それは……どうなんだろう。普通ならば願ってもいない幸運なのかもしれないが、あいにく俺はそういう方向の自己実現欲求が希薄、希薄というよりはできれば避けたい方の人間なので……もう少し、よくよく考える必要があるように思えた。

「ミズキ、お前は逆に何が欲しい？　要求を言ってみろ」

「いいや。何が欲しいというよりは……ちょっとな、まだ考えさせて欲しいんだ。ケシーとも、この件についてはそこまで話し合っているわけではないからさ」

「金か？　女か？　待遇か？」

「まあそれらはな、もちろん全部欲しい所ではあるけどさ。というか女ってなんだ、女って。違う種類のが交じってるぞ」

「世の男性は、みな〝女〟が欲しいものだと聞いている」

「わりと普遍的な真理かもしれないが、微妙に間違った知識でもあると思う」

「ＲＥＡは全て提供できる」

「女は無理だろ」

「私がいるだろう」

「なんだって？」

俺が聞き返すと、キャロルは真面目くさった顔で俺のことを見つめていた。

「私では不満か？」

「……なるほど。そういうことか。お前の知識の微妙な誤りを訂正しておくとだな。だいたいの男は恋愛とか結婚とか……あとは邪《よこしま》な対象としての異性を求めてるって意味であって……別に職場の同僚や上司という意味での女性を……そういう感じで求めているというわけではないのだ。たぶん。おそらく。参考程度に」

自分で言っていて自信が無くなってきた。

というより、俺はいったい何の説明をしているんだ？　こいつは世間知らず属性を持っているっぽいから、理解していなそうなことはついついイチから説明してやりたくなってしまう。

「だから、私でいいだろう」

キャロルは再びそう言って、横向きに腰かける椅子の背もたれを脇で抱えた。

あのダンジョンの一件以来、これまでの装備をほとんど壊されてしまったキャロルは、新調した軽装甲冑《かっちゅう》を身に纏《まと》うようになっていた。どうやらダンジョン産のアイテムらしく、装備者に強化《バフ》の付与があるらしい。

といっても見た目に変化があるかと聞かれれば、正直俺には……ほとんどわからない。

変わっているような気はするが、変わっていないような気もする。それは女子の微妙なヘアスタイルの変化や、もしくは某アメコミヒーロー映画の、シリーズ毎《ごと》のスーツの微細な変化のような……ごくごく微妙なマイナーチェンジのように感じられた。

マニアにしか違いがわからない奴《やつ》だ。しかし元々黒布で覆われていた股間部に通気用の開きが増えて、股下の露出が微妙に増えていることだけは確かだった。情けないながら、男は髪形の変化がわからなくても、露出にまつわる変化には一ミリ単位で気付くものだ。

「一体なにを言っているんだ？」

「いいかミズキ。私はお前をＲＥＡに招き入れ、将来的にはこの私の夫にするつもりでいる。英国では男女共に16歳から結婚できる。私はすでに16歳だ」

「いやな、話が全く見えないんだなあ」

意味不明すぎて、みつをみたいになってしまった。

金髪碧眼《へきがん》少女が、よくわからないことを言うんだなあ。みずき。

「お前は私が見つけたのだ。私は三年前のあの日からずっと……生きるために必要なものは、すべてダンジョンで見つけて来た。今回も、あの堀ノ宮《ほりのみや》をREAの強力な広報として、そして財務に関する強力無比なコンサルとして獲得することができた」

元実業家から新鋭YourTuberへの華麗な転身を果たした（強制的に果たされた）堀ノ宮秋広《あきひろ》は、REAによってその残債務を整理されて、現在では彼らの広報兼財務担当の職員に収まっているらしい。それで大丈夫なのかと聞いたことがあるのだが、やはり彼としてはそういった分野に携わっているのが性に合っているらしく、意外にも良好なパートナーシップを結べているようだ。

どちらにしろ、彼は破産した後は、完全に隠居してしまって社会との関係を断ち、慎《つつ》ましくも静かに日陰で生きていくつもりだったらしい。つまり彼自身としては、堀ノ宮秋広という人間は一度死んだようなものだった。一度死んだ身ではあるけれど、有効活用したいならどうぞお好きに。彼はそういう境地に達し始めているようだ。

しかし禊《みそぎ》気味に始められたYourTube活動の方は、当初は本気で辞めたかったらしく、一時はかなり危険な状態になってしまったらしいのだが……かの『実の娘である蓋然性が極めて高い』子も熱心な視聴者であると判明してからは、そのような抵抗は無くなったらしい。彼は一体どうやってか、彼女のYourTubeのアカウントまで特定したようだ。たまにコメントを書いてくれるので、堀ノ宮は彼女にだけはLikeとコメントを返すらしい。彼の陰の部分だ。

何はともあれ、元気そうでなにより。

「そして何よりも。ダンジョン深層で〝夫〟を発見できたのは、何にも代えがたい大収穫だ」

うんうん、とキャロルは頷《うなず》いた。

「お前は性格も好感が持てるし、能力も申し分ない。人間の本性と真の能力は、ダンジョンの極限状況においてのみ現れるものだ。お前はあの時にあの場所で、私に自分自身を証明して見せたのだ。お前はこの私の夫に相応《ふさわ》しいし、私はお前の妻に相応しい。REAに入り、私の物になれ」

「…………」

これは、REAのメンバーが言っていた……キャロルのスイッチか？

あの後、メンバーたちからキャロルの詳しい話を聞いた。彼女の三年前における極限状況が、深層でただ一人孤立し、ダンジョンの産物だけを用いて生き延びなければならなかった三日間が、おそらくは……彼女の『モード』が切り替わる『スイッチ』になっているのだ。

「難しい顔をしているが、何か不満があるのか？」

「……あのな。ええと……言いたいことは山ほどある気がするのだが……」

俺がしどろもどろになっていると、キャロルはククク と笑う。

「お前の心配していることなど、大体わかる。男性のそういった性質は、私も重々承知しているのだ。成人するまで……その、そういう交渉は無しとか、そういった堅苦しいことは言わない。安心するといい、英国の性的同意年齢は16歳だ。そういう知識はちゃんとある。私は冒険者としての活動が忙しくて高校には通えていないが、通信制の学校と書物で勉強しているからな」

うわあ。そういう邪な知識、皆無そうだなあ。

「……それとも、私では嫌なのか？」

「いや、そういうことではなくてな」

「英国人は嫌いか？　政治的主義に反するか？」

「違う。そうでもない」

「容姿が好みではないか？」

年が離れているのがネックだが、めちゃくちゃ可愛《かわい》い。

「それに、お前には私の裸を見せてしまったわけだからな。お前には私の貞操の統一性を保護するための責任が生じている」

「あのとき、パーティーメンバーにも見せてたろ」

「見せていないぞ」

「あの何言ってるかわからん救護担当が見てたろ。あいつに服を貸してもらったんだから」

「ケビンは同性愛者だから」

そうなんだ。

「ということで、お前がＲＥＡに入り、英国に来れば全て解決するのだ。わかったか？」

「わかった。とりあえず、保留でな」

「なぜなのだー」

急に年相応になるな。

「そういえば。前に、オオモリ・ダンジョンにもう一度潜らなくてはならないと言っていたではないか」

「そういやそうだな」

「私が付いて行ってやるから、申請を上げておくといい。なに、私もまさか、デートも無しに伴侶を決めろとは言っていない」

ほとんどそう言ってたと思うんだけども？

あとダンジョンでデートする奴、少なくとも日本には居なそうなのだけれども……？

2

これまでも、ケシーに服を着せようという試みが何度かあった。

そのために、俺はトイガラスなどの玩具屋《おもちゃや》を巡って衣服が着脱可能なタイプの人形を買ったり、ネット通販でドールやフィギュア用のミニチュア服を何着か買ったことがあったのだが……。

「ぐわー！　チクチクしますー！　これめっちゃチクる！　チクチクパナイんですけどー‼」

……という様に、どうやら人形サイズで裁縫された衣服は着心地までは考慮されていないようで。

ケシーが満足して着られるものが、今までどうにも用意できていなかった。

しかし、今回。ＲＥＡのキャロルらが、俺の知らない伝《つて》へと特別にかけあってくれて、ケシー用の衣服を製造してくれたらしい。それがちょうど、今日に届いたのであった。

「ワオー！　すっごーい！」

小さなケースに収められていた服を手に取って、テーブルの上でケシーがそんな声をあげる。

「ほえー。すっごいなー」

「すごいですー！　わあ！　これ、私貰《もら》っちゃっていいんですかー!?」

世界でお前以外に着られないからな。

ケシー専用の服は、人が普通に着る衣服というよりは、ＳＦ映画の未来人が着ているようなピッチリとしたスーツだった。伸縮性のある生地で作られており、微妙に伸び縮みしているのがわかる。

スッポリと着てみると、そのサイズはケシーにぴったりだった。どこもかしこもピッチリ決まっており、そのせいかシルエット自体は裸の状態と変わらない。

「オオーッ！　めっちゃ良いですわこれ！　すんごく良いです！」

そりゃ良かった。その服、一着作るのに結構なお金がかかったらしいからな。

まあ前回のダンジョン探索におけるぶっちぎりのＭＶＰは、ナビに通信に連携にトドメにと小さな身体《からだ》で活躍しまくったケシーであったわけだから。俺としてはこれでもまだ、彼女に対するご褒美は足りていないのではないかとも思える。このスーツと、『木曜どうでしょう』のＤＶＤボックスだけだからな。それでもケシーが何かを欲しがったら、基本買うようにはしているのだが。

このスーツのより実用的な目的としては、妖精であるケシーは肌が常に薄く発光しているため、一応はそれを隠すための意味合いもあった。スーツを着込んでいる部分しか隠せないわけではあるが、いくらかは良いだろう。

さてと。俺は腕時計を見て、時間を確認する。

10時20分……そろそろのはずだ。

あのドラゴンにそろそろ電池を届けてやりたい俺は、キャロルと一緒にオオモリ・ダンジョンにもう一度潜ることになっていた。申請を出してから、やっと予約を取れたのが今日の12時。ダンジョンを管理する建物さえ完全に建設されてしまえば、もっと手続きが簡単になるのだが。今はちょっとややこしい。

とにかく、今日は俺の家に集まってから車で移動する手はずになっているので、そろそろキャロルが来るはずだ。

そんなことを考えていると、ピンポンというチャイムの音が鳴った。

来たみたいだな。玄関の方へと歩いて行き、扉をガチャンと開ける。

部屋の前に立っていたのは、キャロルではなく詩のぶだった。いつものようにパーカーを着込んでいる詩のぶは、コンビニのタピオカドリンクを飲みながら片手で挨拶する。

「おっす。水樹《みずき》さん」

「……お、おう。詩のぶ。どうした」

「Lainなかなか返してくれないんで、来ちゃいました」

主に詩のぶからやたらLainが届くので、通知を切っているのだ。別にガン無視しているわけではないのだが、全てに返すわけではない。

「お邪魔でした？」

「いや……そうじゃないけど。お前、今日学校は？」

もう停学は解けて、学校に通っているという話を聞いていたのだが。というかこいつ、パーカーの下に妙なTシャツ着てるな。首元が大きく開いた、胸の辺りを露出するような奴だ。

「今日は臨時休校です」

「そうか。あー……」

「ゲームでもしません？　Stitch持って来たんですけど」

「ええとな。悪いけど俺、これから用事あるんだよね」

「あら、本当ですか。残念です。どんな用事ですか？」

「いや、普通に……」

「〝普通〟っていう用事は存在しませんよ」

………。

こいつ、わりと追及型だからな……。

そんなことを考えていると、アパートの階段を上がってくる足音が聞こえて来た。

今度こそキャロルだった。

「ミズキー。着いたぞー？　車で待って……」

そんな声を上げながら階段を上がって来たキャロルは、部屋の前に立つ詩のぶのことを見つけた。

パーカー胸開きTシャツの詩のぶと、軽装甲冑ダンジョン装備のキャロルが対峙《たいじ》し、互いに見つめ合う。

あれ？　と俺は思った。もしかして、これって微妙に変な状況なのか？

詩のぶとキャロルはしばし見つめ合うと、二人で同時に口を開いた。

「ミズキ。行くぞ」

「この人誰ですか、水樹さん」

「ああと……こいつは詩のぶで、こっちはキャロルだ」

詩のぶが、キャロルのことをジトリとした目で見た。彼女はタピオカドリンクに突き刺している太いストローをズズッと吸い込むと、俺にちらりと視線を向ける。

「用事って、この人と、ってことですか？」

「そうだ」

嘘《うそ》を言ったって仕方ない。

「どうしたミズキ、行くぞ」

キャロルの催促が続いた。

こいつは……こういう奴か。あまりそういうのは眼中に入らないタイプか。しかし、詩のぶは……こういうのめちゃくちゃ気にしそうだよな……いや、俺は悪くないはずなのだが……うん？

もしかして悪いのか？　どうなんだ？

そんな気まずい思いをしていると、隣人の部屋がガチャリと開いた。

「ミズキ。教えてほしいことがあるんだが、時間はあるか？」

お隣の外国人、ヒースさんだ。お前もここに乱入するのか。

何だか、状況がにわかにややこしくなってきた。いや？　むしろこの状況で、このノリのヒースが乱入してくれたのはありがたいのか？

「あー……すまん、ヒース。ちょっとこれから、用事があってな」

「そうか。帰ってきたら時間はあるか？」

「何を教えてほしいんだ？」

「アメリカの国防総省？っていう所のセキュリティを調べたいのだが……グーグル検索？　がよくわからないんだ」

何に興味を持っているんだ。

ググってもたぶんわからねえよ。というかこの人、本当に何をして食べてる人なんだ。

「ミズキ、行くぞ」

「へー。なるほどー。なるほどー？　水樹さん、その人と用事があるんですねー」

「ミズキ、帰ってきたらグーグル検索って奴を教えてくれよ。これってお金はかかるのか？」

ううむ……何だか、にわかに周りが騒がしくなってきたような気がする。

しかし何というか、とりあえず。何かが一旦は落ち着いたということだろうか。ひとまずハッキリしているのは、俺はこれから大変お待たせしている氷雪系の鱗《うろこ》肌の顧客に、お望みの物を届けに行かなきゃいけないということだ。

そんなこんなでヒースと詩のぶをいなした後、俺はキャロルと共にオオモリ・ダンジョンへと向

北海熊
牛ミルク

かった。

3

オオモリ・ダンジョンの管理施設は、現在絶賛工事中である。

前回に来た時よりも工事は進んでいる様子だが、冒険者はまだギリギリで、ダンジョン内部へと入ることができていた。これから入り口周辺部の本格的な工事段階に入ると、一時的にダンジョンへの立ち入りはできなくなってしまうのだが、それまでは申請と認可を通せば、臨時で監督に付いてくれる職員と共に工事関係者に交ざってダンジョン入り口部へと進むことができる。前回のように、日本の法律で所持が禁止されている火器をダンジョン内に持ち込む際は、もっと複雑かつ長期的な手続きを踏む必要があるのだが。今回その必要は無い。

野外の個室トイレほどの大きさのプレハブ準備室が二つ、男女別々に用意されており、そこでダンジョン侵入前の最後の準備ができた。俺はその中に一人で入って着替えながら、運転中にキャロルと話した内容を思い出している。

「ミズキの隣人だが、あれは一体どういうことだ?」

大きめのスポーツバッグを膝の上に載せながら、キャロルがそう聞いた。

「ちょっと変な人なんだよな。何してるのかイマイチわからない人でさ」

「『龍鱗の瞳《スケイル・アイズ》』の『解析《サーチ》』が通らなかった」

「通らなかった?」

「癖でステータス情報を抜こうとしたのだが、情報が得られなかった。パッシブ系のスキルか何かに妨害されたんだと思う」

「そういうことがあるのか?」

「ほとんどない。超上級の冒険者の中には、『解析《サーチ》』を通さないための妨害スキルを常在させている者もいるが……あまり会ったことはないな。何者だ?」

キャロルにそう尋ねられても、俺は上手《うま》く答えることができなかった。

一度、彼にきちんと聞いておかないといけない。

準備室から出ると、すでにキャロルが俺のことを待っていた。

「遅いぞミズキ。早く行こう」

「待て」

俺は普段着の軽装甲冑から着替えた様子のキャロルを見て、思わずそう言った。

「なんだそれは。どういうことだ」

「お前のために、特別に新装備を取り寄せてやったのだ」

キャロルが着替えたのは、日本のファンタジーゲームでよく見るような、やたらと露出度の高い女性用アーマーだった。冒険のためにどうしてそんなエロい恰好《かっこう》をする必要があるのか、その装備は露出度に比例して防御力が下がる一方なのではないか、そういったことを小一時間問い詰めたいタイプの奴だ。尻や胸を強調するためだけに作られたかのような構造には一体どんな実用性があるのか、それはビキニなのかアーマーなのか、一体どういう趣味で着るものなのか、首を傾《かし》げずにはいられない奴。

スポーツバッグをやたらガチャガチャと言わせているから何かと思ったら、そういうことだったのか。

そんなアーマーを着込んだキャロルは、その場でくるりと回って、その全体像を確認させてくる。なぜか脇やへそを積極的に露出していくスタイルの、防御力の低すぎる構造。胸を強調するように突き出た胸部装甲に、尻部を覆うアーマーはもはや装甲というよりは、お尻をそういう風に露出させるためのデザインでしかない。その下に覗《のぞ》く布地面積も異様に小さくて、ほとんどTバック下着に近かった。

「どうだ？　似合っているか？　男性というのは、こういうのが好きなのだろう」

「わりと正気か？」

「そこまで言われるとは思っていなかったから、普通に傷つくぞ。お前が喜ぶと思って取り寄せたのに」

「あ、普通にごめん」

俺は悲しそうなキャロルに謝ってから、疑問を口にする。

「一応だけど。その装備って、何か実用的な意味はあるのか？」

「無いぞ。涼しいだけだな。熱中症対策だけは完璧だ」

「元の装備に着替え直せ」

◆◆◆◆◆◆

ケシーのナビに従いながら、俺と普通の甲冑に着替え直したキャロルは、ダンジョンを進んでいる。オオモリ・ダンジョンの浅層にはほとんどゴブリンしかいないため、キャロルは攻撃用のスキルも使用せずに、常在している強化スキルだけでゴブリンやスライムを薙《な》ぎ払っていた。問題が無さそうな時には俺も参戦し、『スキルブック』の挙動を確認している。

「前回の戦いで、『接触系』のスキルの重要性に気が付いてな。スキル構成を見直したのだ」

襲ってきたゴブリンを四体ほど薙いだ後に、キャロルが歩きながらそう言った。

「『接触系』?」

「ダメージにならない接触でも、相手にデバフとかを押し付ける奴だ。便利だから、お前も持っておくといいぞ」

「いくらくらいするんだ?」

「大体、数百万か一千万円くらいから選べる」

「やっぱり桁が違うな」

ゲームの世界ならまだしも、現実世界の武器屋でそんな有り金をはたく気にはなかなかなれない。

しかし、一応は堀ノ宮の依頼の前金として結構な額を貰っているので、そういったスキルを購入したいとは思っているのだが。

さてさて。察しの良い方は、すでにお気づきのことだろう。

このように回り回って進んで進み、場面は元の場所へと接続されたわけである。北海道大守《おおもり》市は小和証券大守支店をスタート地点とするマラソンは、最初の小休憩地点であるこの地点に合流した。

しかして、俺こと水樹了介《りょうすけ》の顚末《てんまつ》をサクッとお伝えするには、まだまだ先の先の方へと合流しなければならない。俺はまだ不可逆的なマラソンを走り始めたばかりであり、今はまだ、顚末と呼べるような物すら存在しない。

だが、その時はいつかやって来る。

ケシー、ヒース、詩のぶ、堀ノ宮、キャロル。姿は見せたが本性は見せていない者たち、いまだその姿が見えぬ者たち。そして俺こと水樹了介と、奇妙奇天烈《きてれつ》で異常でファンシーなことになってしまったこの世界。その全ての本当の顚末を、いつかサクッとお伝えする時が来るだろう。

しかし、ここが一つの小休憩地点であることは間違いない。そこには何かがあって然《しか》るべきである。この世界の朧《おぼろ》げな顚末については、あの白い鱗の彼に説明を任せたい。

そんなこんなでダンジョンを進んでいると、ケシーにしか感知できない隠し通路を発見した。その先へ進むとにわかに肌に鳥肌が立ち始め、周囲に冷気が満ちたことがわかる。

その道の先に、懐かしい白雪の洞穴があった。俺がキャロルと共にその中へと足を踏み入れると、その洞穴の中でうずくまって寝入っていた一体の巨大な白竜が目を覚まし、ズゴゴという壮大な音を立てて起き上がる。

『〝ミズキ……ミズキ・リョウスケッ！　待ちわびたぞ！　遅かったではないかぁ！〟』

「お待たせいたしまして、申し訳ございません！」

俺は何となく嬉《うれ》しくなってしまい、そう叫んだ。

ダンジョン最初の顧客との、感動の再会というところだ。

4

『〝ふむ。なになに？　つまり、このダンジョンは別の世界と繫《つな》がっていて、ミズキは地球の日本という世界から来たというのだな？〟』

単三電池の山を貰って上機嫌な様子の白竜は、氷雪の吐息を漏らしながらそう言った。

「あー、そうなんですよ。おそらくですね。ドラゴン様やうちのケシーが住んでいた世界と、僕の世界は違ってて……何かの原因で、それが繫がってしまったのではないかと……考えています」

俺はドラゴンに、そう説明した。

新スーツ姿のケシーも、俺の隣でピョコピョコと飛びながら説明に協力している。

一緒に付いて来たキャロルは、俺の言うドラゴンというのがまさかこれほどの規模だとは思っていなかったのか、立ち尽くして固まってしまっている。説明はしたはずだったのだが、半分冗談か何かだと思っていたのだろうか。

「それでですね。このケシーが、元の世界に戻る方法……ドラゴン様なら、何か知っているのではないかと思いまして……」

『〝おそらく、無いぞ。〟』

「無い？」

俺はそう聞き返した。

「ええと、それは……このダンジョンを通って元の世界に戻る方法は無い、ということでしょうか？」

『〝いいや。〟』

ドラゴンは軽く首を振りながら、鱗に覆われた竜の瞳で、俺のことをじっと見つめる。

『〝おそらく、元の世界自体が、すでに存在しない。〟』

「えっ？」

「ええっ？」

俺とケシーは、同時にそう言った。

『〝なるほど、なるほど、そういうことであったか。いやはやいやはや。そういう気はしていたのだ。〟』

ドラゴンは何かに納得した様子で、うんうんと首を振る。

『〝人族と魔族が永遠の侵略を繰り返す、あの魔法文明世界はすでに終わってしまったのだなあ。我も昔は、その行く末を長いこと見守り、とうの昔に飽きてこの永遠の迷宮に身を沈めたものだが。すでに失《う》せてしまったと思うと物寂しい。〟』

「あの、それは、どういうことですか？」

『〝だから、その世界はすでに終わり、もうすっかりことごとく失せたのだ。〟』

物分かりの悪い生徒に物を教えてあげるような口調で、白竜はそう言った。

『〝後に残されたのはこの迷宮のみで、それが何の因果か、お前の世界に嘴《くちばし》を突き刺しているにすぎない。そこにあった全ての物が、全ての力が、全ての存在の欠片《かけら》がここに散らばり、片付ける者も居ないままでずっと転がっているだけ。それが少しずつ、互いに同化しようとしているだけ。新しい何かになろうとしているだけ。その過程であるだけ……そんな感じはしていたが、そういうことであったのだなあ。〟』

「すみません。お話が抽象的すぎて……僕には理解が追いつきません」

『〝理解が本当に必要なのか。それは誰にもわからない。解決策が無いのであれば、理解は不要な産物にして、むしろ毒物にすぎないのかもしれん。共に助かる術《すべ》もなく滅びゆこうとする二つの世界の顛末を、理解したからといって何が救われようか。明日死ぬと知って今日眠るよりも、何も知らぬままで寝入った方が幸せではなかろうか。〟』

「滅ぼうとする？　明日死ぬ？」

俺は無意識に、半歩踏み出した。

「一体、どういうことですか？」

何かを知っている白竜に、俺はそう問いただした。

これは何か、非常に重要な話である気がしていた。

俺はそのことを、理解しなくてはならないような気がしていた。

ぷいと首を横に向けた白竜は、その蛇の瞳を、どこか悲しげに細める。

『〝橋の対岸が落ちれば、橋の上に居る者はもう一方の対岸を目指すだろう。それは橋が落ちる前に成し遂げられなくてはならん。奥深くに潜んでいた大きな者たちが、お前たちの世界に続々と侵入していくだろう。安寧の地を求めて、そこで再び安らぐために。もうすでに一体が、そちら側に侵入したのだ。〟』

「侵入した？」

『〝そう。侵入した。あちらの世界が消滅する寸前に、あちら側とこちら側を繋いだ者が。繋ぐためになに壊した者が。終わらせるために繋いだ黒色《ブラック》が。〟』

ドラゴンはそう言うと、急に眠くなったかのように身体を地面に下ろして、その場に丸くなった。

『〝それがここから出て行こうとするので、我は道を開けてそれと出会わないように、ここまでちょいと引っ越したのだ。それはこの通路を通って行こうとしたので、ここに住まうみなが混乱して、ここはグチャグチャになってしまった。〟』

「えっと、どういうことですか？　〝それ〟？　もう少しだけ、もう少しだけ教えてください」

『〝ずいぶん話したしずいぶん起きたので、我はもう眠い。デンチもたくさんあって、安心した。我はそろそろ眠る。長いこと。ここが無くなる前には起きよう。〟』

「あの、できれば、もう少しだけ……」

『〝ミズキよ。我は惰眠を邪魔されぬように、ここをしばらく封印する。お前が内側に居ては困るだろうから、今出て行くとよい。デンチを持ってきてくれてありがとう。〟』

「ええと、あの……電池の配達、お待たせしてしまい……申し訳ありませんでした」

『うむ。お前が来るのがもう少し遅かったら、我は自らこのダンジョンから抜け出て、外の世界にお前を捜しに行こうと思っていた。〟』

マジかよあっぶねえええええ。

ちょっと忙しくて後回しにしにしていたせいで、俺は北海道をドラゴンクライシスの危機に晒《さら》していたのか。

『〝それではな、ミズキ。一千年後か、二千年後くらいにまた会おう。〟』

7時か8時に起きるみたいなノリで十世紀を跨《また》がないでくれ。

『そのときは、またデンチを持ってきておくれ……むにゃ……。〟』

そこまでの長期保証サービスは受け付けていない。

◆◆◆◆◆◆

とにもかくにも目的を達成し、図らずも北海道をドラゴン警報の危機から救った俺は、キャロルを連れてダンジョンから帰投した。

なんというか、先日に関わった堀ノ宮の件はわりとスケールの大きい事件だったと思うのに……

たぶん世界への影響度としては、この日帰り電池配達の方が圧倒的に重要だったような気がする。

もう少し配達が遅れて何かが起こっていたら、自衛隊VSドラゴンどころか、米空軍VS氷雪系ドラゴンの怪獣大戦争が勃発していたのではないか。

これでいいのか。圧倒的存在の気まぐれは恐ろしい。学ぶべき教訓は、顧客をいたずらに待たせてはいけないということだ。

「……なんだったのだ……アレは……」

助手席に座り込んでいるキャロルは、あのドラゴンと出会ってからというもの、いまだに状況が呑み込めていない様子だった。一応、事前に説明はしていたのだが……まあ、話を聞くのと実際に見るのとでは勝手が違ったのだろう。とにもかくにも、あの白竜は十世紀くらいの長い眠りにつくみたいだから、ちょっと安心だ。北海道ドラゴンクライシスの危機は、とりあえず延期されているのである。自主的な封印というのもちゃんとされたようで、出て行った後はもう戻ることができなかった。

赤信号を待ちながら、俺はあの白いドラゴンが話した内容を考える。

考え直さなければならないことが、よく咀嚼《そしゃく》しなければならないことが山積みだった。

あの外国人隣人、ヒースにもきちんと話を聞かなければならない。

一つずつ、少しずつ進んで行こう。

しかし、はてさて。

物事をゆっくりじっくり考えることのできる時間というのは、長くは続かないもので。

次なる騒動の火種は、すでに俺の近くへと忍び寄っていて……いやすでに出会っていて、そこで火炎を噴かせようとしていたのであった。

あとがき

「出社したら会社がダンジョンになってて、タイムカード押すためにダンジョンに潜る羽目になったら面白くない？」

「それは草」

大体こんな会話から生まれた小説でした。

僕はプロット（物語の骨組みや道筋）を事前に作るのが得意な方ではなく、本作においては、その特性が遺憾なく発揮されてしまいました。予め《あらかじ》鋼鉄製の線路のようにガッチリと決められた道筋は存在しなかったので、道順も目的地もわからない山の中をひたすら進んで行くような無軌道さでもって、本作はガリガリと書き進められました（お話全体の、ぼんやりとしたイメージというのはあったわけですが）。

執筆環境も無軌道を極めていました。本作は『小説家になろう』にて爆発的な勢い（主に更新速度が）で連載されていたわけですが、ちょうど堀ノ宮編に入る頃、僕は秋田へ飛ぶ用事がありました。

しかしいきなり更新を止めるわけにもいかないので、秋田旅行の最中は、ずっと本作の堀ノ宮編を書き続け、更新し続けていたことを覚えています。その最終日にちょうど台風に直撃されてしまい、公共交通機関がストップして家に帰還できなくなり、仕方なくホテルに閉じこもって書いたりすることもありました（たしかその辺りにちょうど、堀ノ宮編が終わったのではないかと記憶しています。記憶違いでしたらすみません）。

僕の別作である『追放者食堂へようこそ！』から、本作へ来て頂いた読者の方もいるかもしれません。そういった方は、もしかすると雰囲気の違いに面食らうことがあったかもしれません。本作はある意味で、『追放者食堂』の反動から書かれた作品でもありましたから。

（それがどのような反動であったかは、ご想像にお任せいたします）


そしてともかく、本作の1巻が刊行されました。

今回も無事刊行されるまで、色々な人に大変お世話になることになりました。

担当編集のY様、イラストを担当して頂いたクルエルGZ様に、コミカライズ担当編集のT様（刊行時にどのようにして告知されているかわからないので、一応伏せておきます。）。

そして連載時に応援してくださった読者の皆様。

願わくは、続刊にてまたお会いできれば幸いです。

それでは――――――――！！！！

壊れスキルで始める現代ダンジョン攻略 1

発行　2020年7月25日　初版第一刷発行

著者　君川優樹
イラスト　クルエルGZ
発行者　永田勝治
発行所　株式会社オーバーラップ
〒141-0031
東京都品川区西五反田7-9-5
校正・DTP　株式会社鷗来堂
印刷・製本　大日本印刷株式会社

ISBN　978-4-86554-702-3 C0093

【オーバーラップ　カスタマーサポート】
電話　03-6219-0850
受付時間　10時～18時（土日祝日をのぞく）

作品のご感想、ファンレターをお待ちしています

あて先：〒141-0031　東京都品川区西五反田7-9-5 SGテラス5階　オーバーラップ編集部

「君川優樹」先生係／「クルエルGZ」先生係

スマホ、PCからWEBアンケートにご協力ください

アンケートにご協力いただいた方には、下記スペシャルコンテンツをプレゼントします。
★本書イラストの「無料壁紙」　★毎月10名様に抽選で「図書カード（1000円分）」

公式HPもしくは左記の二次元バーコードまたはURLよりアクセスしてください。
▶ **https://over-lap.co.jp/865547023**
※スマートフォンとPCからのアクセスにのみ対応しております。
※サイトへのアクセスや登録時に発生する通信費等はご負担ください。

オーバーラップノベルス公式HP ▶ **https://over-lap.co.jp/lnv/**